JN167707

龍の狂愛、Dr.の策略

樹生かなめ

white heart

講談社X文庫

目次

橘高正宗
【きったか まさむね】
清和の養父。
眞鍋組顧問。
祐
【たすく】
眞鍋組の参謀。
安部の息子のような存在。
安部信一郎
【あべ しんいちろう】
正宗の右腕であり舎弟頭。
眞鍋組組員の信望が厚い。
橘高典子
【きったか のりこ】
清和の養母。
リキ
清和の右腕。
眞鍋の虎と呼ばれる。
橘高清和
【きったか せいわ】
眞鍋組二代目組長。
氷川の恋人。
氷川
氷川諒一
【ひかわ りょういち】
清和の恋人。
明和病院に勤める
美貌の内科医。
人物紹介

京介
【きょうすけ】
ホストクラブ・ジュリアスの人気ホスト。ショウの幼馴染み。
サメ
眞鍋組の
諜報部隊トップ。
ショウ
清和の舎弟。
眞鍋組の特攻隊長。
吾郎
【ごろう】
清和の舎弟。
卓
【すぐる】
清和の舎弟。
箱根の旧家出身。
宇治
【うじ】
清和の舎弟。
信司
【しんじ】
清和の舎弟。
摩訶不思議の信司と呼ばれる。

イラストレーション／奈良千春《ならちはる》

龍《りゅう》の狂愛《きょうあい》、Dr.《ドクター》の策略《さくりゃく》

1

ズギューン、ズギューン、ズギューン、ズギューン。

銃声は四発。

氷川《ひかわ》は清和《せいわ》の逞《たくま》しい腕の中で聞いた。

今のはいったいなんだ。

どういうこと。

ぎゅっ、と氷川は愛《いと》しい男の腕を摑《つか》む。

氷川は清和に守られて無事だった。命より大切な男も無事だ。狙《ねら》われたのは、眞鍋《まなべ》組二代目組長ではない。

なのに、視界には血。

血だ。

血が流れている。

氷川の舎弟を名乗る桐嶋《きりしま》組初代組長こと桐嶋元紀《もとき》の胸から血が流れている。

「……桐嶋さん？」

桐嶋のそばにいた藤堂和真《とうどうかずま》の白いスーツも赤い。

「……藤堂さん？」

夢だ。

夢を見ているんだ。

夢を見ていると思いたいが、愛しい男の腕が現実だと告げている。事実から目を背けている場合ではない。

「……っ、桐嶋さん、藤堂さんっ」

氷川は血まみれの桐嶋と藤堂に駆け寄った。

……走ろうとしたが、清和の腕によって止められてしまう。

「待て」

再度、氷川は清和の腕に守られるようにしまい込まれた。眞鍋組の金看板を背負う男は、周囲に神経を尖《とが》らせている。

氷川の目の前には血まみれの桐嶋と藤堂しかいない。

「清和くん、止めないでっ」

氷川は清和の腕を振り切り、桐嶋と藤堂に駆け寄った。当然のように、清和も後からついてくる。清和と氷川に命を捧《ささ》げているショウにしてもそうだ。

血まみれのふたり。

桐嶋が藤堂を守るように倒れている。

ふたりとも微動だにしない。

「……桐嶋さん？　藤堂さん？」

氷川が真っ青な顔で尋ねると、藤堂がいつもと同じように悠然と答えた。血まみれの桐嶋の腕の中で。

「姐《あね》さん、俺は無事です」

藤堂の白いスーツは血で染まっているが、銃弾が撃ち込まれた形跡はない。ただ、藤堂を抱き締めている桐嶋の腕には、それとわかる痕跡《こんせき》があった。

「返り血？」

身を挺《てい》して藤堂を助けたのは桐嶋だ。氷川の知る桐嶋ならば、自分の命に代えても藤堂を守る。清和が命をかけて氷川を守るように。

「はい、元紀に助けられました」

「……と、とりあえず、応急処置」

「お願いします」

藤堂は自分を守るようにしがみついている桐嶋を引き離そうとした。

けれど、桐嶋の血まみれの腕は藤堂の身体《からだ》から離れようとはしない。すでに桐嶋の意識はないというのに。

ポロリ、と氷川の目から大粒の涙が零《こぼ》れる。

「桐嶋さん、意識がなくても藤堂さんを守っているんだ」

氷川には桐嶋の気持ちが手に取るようにわかった。桐嶋にとって藤堂がどんなに大切な存在か、それは十二分にわかっているから。

「元紀、離れろ。俺は大丈夫だ」

藤堂が宥《なだ》めるように言っても、桐嶋の腕はピクリとも動かない。それでも、血は夥《おびただ》しく流れ続けている。

氷川は銃声を四発、聞いた。

察するに、最低でも二発は桐嶋の身体に撃ち込まれたはずだ。ひょっとしたら、三発。最悪、四発すべて。

「……っと、救急車」

氷川は救急車を呼ぼうとしたが、藤堂に紳士然とした態度で止められた。

「姐さん、救急車は無用です」

「どうして？」

桐嶋の左の胸、つまり心臓の辺りが真っ赤だ。ドクドクドクドク、と今でも噎《む》せ返《かえ》るような血が流れ続けている。

「元紀は桐嶋組の組長ですから」

改めて言われるまでもなく、桐嶋はどこかホストのような雰囲気があるがヤクザであり、眞鍋組と友好関係にある桐嶋組の組長だ。

「そんなこと、言っている場合じゃないでしょうーっ」

氷川が金切り声を上げた時、再び銃声が響き渡った。

ズギューン、ズギューン、ズギューン、ズギューン、ズギューン。

銃声は五発。

振り返れば、氷川が乗っていた黒塗りのメルセデス・ベンツの車窓が割れている。タイヤも撃ち抜かれている。

「……え？」

氷川が背筋を凍らせるや否や、古いビルから屈強な男たちの集団が現れた。それぞれ、手には青竜刀《せいりゅうとう》が握られている。

狙われているのは不夜城の覇者だ。

シャッ。

清和めがけて青竜刀が振り下ろされた。

いや、傍《かたわ》らにいたリキが素手で阻《はば》む。

「楊《よう》一族か？」

リキが凄《すさ》まじい迫力を漲《みなぎ》らせ、清和に向けられた何本もの青竜刀を排除する。ショウも青竜刀を振り回す男に対峙《たいじ》した。

「この野郎、いい度胸じゃねぇかーっ」

ショウは闘志を漲らせ、屈強な男が握っていた青竜刀を蹴《け》り飛《と》ばした。

青竜刀が宙を飛ぶ。

あっという間に、眞鍋組構成員と楊一族の男たちによる命のやりとりが勃発《ぼっぱつ》する。いつでも冷静なリキの声が低く響いた。

「チャカは使うな」

リキは眞鍋組構成員に拳銃《けんじゅう》の使用を禁止したが、楊一族には拳銃を構える男が数人いる。マッサージ店の窓からは、白衣姿の男がライフルで不夜城の覇者を狙っている。

清和は氷川の盾になりつつ、青竜刀に対抗していた。

「……も、もうっ……このままじゃ、出血多量で危ないから救急車を呼ぼう……」

せめて桐嶋の流れる血だけでも止めなければ。

氷川は自分が身につけていたネクタイやシャツ、ハンカチで応急処置を施す。しかし、ほんの気休めに過ぎない。

「姐さん、今、木村《きむら》先生を呼びだしています」

藤堂は桐嶋に張りつかれたまま、左手で器用にスマートフォンを操作した。桐嶋の被弾にも周囲の抗争にもまったく動じていない。

……ように氷川には見える。

「……木村先生？　木村先生ってあのモグリの医者じゃなくてあの天才外科医だった木村先生？」

眞鍋組は木村という天才的な腕を持つ医師と縁が深かった。ある時、氷川は医学界で『プリンス』と称《たた》えられていた天才外科医だと知った。そう問《と》い質《ただ》した途端、姿をくらましてしまったのだ。

「はい」

「木村先生は行方不明だって聞いていたよ」

氷川は医者のひとりとして、木村には医学界に復帰してもらいたかった。何より、家族が探しているのだ。

「俺もつい最近、連絡先を摑みました」

藤堂の表情は常と変わらず、感情を読み取ることはできないが、騙《だま》されたりはしない。氷川は白百合《しらゆり》と称《たた》えられる美貌《びぼう》を歪《ゆが》めた。

「嘘《うそ》つき」

おそらく、藤堂は前々から木村の居場所を知っていたに違いない。清和が宿敵として闘争心を燃やしていた元藤堂組の組長は底知れぬ力を秘めている。

「元紀は木村先生に気に入られていましたから」

「このままじゃ、木村先生が到着する前に出血多量で危ない」

「姐さんも眞鍋組の二代目姐でいらっしゃる」

救急車を呼ぼうなどと考えないでください、と藤堂は言外に匂《にお》わせている。あちこちから聞こえてくる中国語の罵声《ばせい》を、風か何かのように聞き流していた。称賛に値する自制心だ。

「僕は内科医なんだよ。こんなことなら外科医になればよかった」

外科医になればよかったと、氷川は今までに幾度となく悔やんだ。改めて痛感せずにいられない。

「元紀はこれぐらいで逝《い》ったりはしない」

俺を置いて逝くな、と藤堂が桐嶋に言い聞かせているような気がした。実父に生命保険金目当てに殺されかけた名家の子息にとって、大事な存在は桐嶋しかいない。きっと、桐嶋がいなくなったら藤堂は生きていけないだろう。桐嶋にしても藤堂がいなくなったら、どうなるかわからない。

助ける。

なんとしてでも助ける。

桐嶋は情に厚く、度量が広く、義理堅く、心の底から信じられる男だ。清和が窮地に陥《おち》った時も心を変えず、力になってくれた。

氷川は止血しても出血が収まらない桐嶋の患部を見つめる。

「僕もそう思いたいけど急所……外れている？　急所じゃないの？　危険なところでしょう？　……あぁ、救急車は駄目でも警察に通報するぐらいはいいよね？」

氷川は自分が眞鍋組の二代目姐として遇されていることがすっぽり頭から抜け落ちた。それでも、清水谷《しみずたに》学園大学の医局から明和《めいわ》病院に派遣されている内科医だということは忘れない。

「眞鍋組の二代目姐にあるまじき所業です」

藤堂が穏やかな口調で宥めるように言った時、清和に向かって小刀が飛んだ。

グサリ。

愛しい男に突き刺さった。

……いや、間一髪、愛しい男は小刀をそばにあった看板で避《よ》ける。

一難去ってまた一難、背後から清和めがけて青竜刀が振り下ろされた。同時に清和に銃口が向けられる。

「……警察、警察に通報しよう。このままじゃ、清和くんたちも危ない」

僕の清和くんが危ないっ、と氷川は綺麗《きれい》な目を潤ませて叫んだ。愛しい男がいなくなったら生きていけない。

「これぐらいで危なくなるような眞鍋組なら、俺は今でも藤堂組の組長でした」

藤堂がシニカルに微笑《ほほえ》んだ時、どこからともなくパトカーのサイレンが響いてきた。ガラス張りのビルと背の高いビルの間から、制服姿の警察官が団体で出現する。

「……え？　警察？　僕は通報していないよ？」

氷川が呆然《ぼうぜん》としている間に、ショウが体格のいい警察官に囲まれる。

カチャッ。

眞鍋が誇る韋駄天《いだてん》に手錠がかけられた。

「……え？　ショウくん？　どうして？」

氷川はショウにかけられた手錠に愕然《がくぜん》とした。

カチャリ。

清和の手にも手錠がかけられる。

刑事らしき中年の男が何やら早口で捲《まく》し立《た》てている。

清和はいっさい動じず、無言で聞いている。

氷川の頭の中が真っ白になった。

……否、瞬時に己を取り戻す。

「……ちょっ、ちょっと、清和くん？　どうして？　どういうこと？」

氷川が血相を変えて立ち上がった途端、清和は手錠をはめられたままパトカーに押し込まれた。愛しい男自身は普段となんら変わらず、まるで舎弟がハンドルを握る愛車に乗るような様子だ。

清和の右腕とも言うべきリキ、ショウにしても同じく。

これらはあっという間の出来事であり、氷川は駆け寄る間もなかった。いつしか、楊一族の面々は消えている。風のように。

「現行犯逮捕！」

そういった言葉が警察官の間で飛び交う。

逮捕。

逮捕なのか。

任意の同行ではないのか。

「……ど、どういうこと？　清和くんをどこに連れていく気ですか？」

氷川は清和を押し込んだパトカーに突進した。

その寸前、やたらと体格のいい刑事に阻まれる。

「指定暴力団・眞鍋組の組長の情婦だな……って男だな？　ああ、姐さん、とか呼ばれている男の愛人だな？」

見ろ、とばかりに警察手帳を示されるが、氷川は確認する心境ではない。

「僕の清和くんをどこに連れていく？」

「現行犯だ」

「どこが現行犯？　何が現行犯？」

POLICE
視　庁

すでに戦っていた楊一族の男はひとりもいない。辺りには青竜刀も小刀も拳銃も残されてはいない。

ただ、地面に血溜《ちだ》まりがいくつもあるだけだ。楊一族の男が流した血か、眞鍋組の男が流した血か、どちらか、定かではないけれども。

「いつかはやると思っていた。思いのほか、早かった」

「何が？」

「桐嶋組と眞鍋組の抗争だ」

一瞬、何を言われたのか、氷川はまったく理解できず、楚々《そそ》とした美貌を裏切る表情を晒《さら》した。

「……は？」

桐嶋組と眞鍋組。

桐嶋と清和の抗争だと言ったのか。

よりによって、氷川の舎弟と年下の亭主が命の取り合いだと。

「とうとう眞鍋組が桐嶋組に仕掛けたな。とうとう抗争だな」

とうとう、を意味深なイントネーションで繰り返す。

「……な、何を言っているんですか？」

自分の聞き間違いか、と氷川は息を呑《の》んだ。

「眞鍋組が桐嶋組長を狙撃《そげき》した。相変わらず、眞鍋の昇《のぼ》り龍《りゅう》は荒っぽい手を使うな」

「もう一度、仰《おっしゃ》ってください」

「だから、眞鍋組が桐嶋組長を狙撃した。邪魔者を容赦なく始末する眞鍋の昇り龍らしいぜ」

　警察は眞鍋組が桐嶋を狙撃したと考えているようだ。見当違いも甚《はなは》だしい。氷川の日本人形のような顔が阿修羅《あしゅら》と化した。

「清和くんが桐嶋さんを狙撃するわけないでしょう」

　氷川という存在が大きいが、清和と桐嶋は信頼関係で結ばれている。悪化するとすれば、清和が藤堂を始末した時だ。

「眞鍋組は桐嶋組のシマを欲しがっていたじゃないか。長江《ながえ》組に取られる前に手に入れようとしたんだろう。眞鍋の昇り龍なら平気でやるさ」

　長江組は関西に拠点を置く広域暴力団であり、氷川でさえその資金力や組織力、容赦ない抗争の仕方は知っている。桐嶋組が統《す》べる街にターゲットを定めたという噂《うわさ》も耳に入っていた。

　だからといって、それがどうして眞鍋組による桐嶋組長ヒットに結びつくのか。氷川はまったくもって理解できない。

「ちゃんと調べなさい。違うから」

「現行犯だ」

「だから、桐嶋さんを撃ったのは眞鍋組じゃない。警察はそんなこともわからないのか。警視庁はそこまで無能?」

未解決事件が多い理由がよくわかります、と氷川は嫌みっぽく続けた。

が、清和を乗せたパトカーは走り去ってしまう。

「……っと、清和くんをどこに連れていく?」

氷川はパトカーを追いかけようとした。

ガシッ、と刑事に摑まれ、その場に立ち止まる。

「綺麗な姐さん、ちょっと待ってくれ」

「放してください」

「男に見えるけれど、マジで綺麗だな。さすが、眞鍋の昇り龍に一ダースの美女を捨てさせた男の愛人だぜ」

ひょい、と氷川の身体が宙に浮いた。

「……え?」

氷川の身体は刑事に抱き上げられ、そのまま救急車の中に運ばれてしまう。救急隊員の応急処置を受ける桐嶋がいた。その傍らには藤堂がいる。

「……藤堂さん?」

氷川が救急車に押し込まれた瞬間、ドアが物凄《ものすご》い勢いで閉められる。そして、なんの断りもなく、救急車は発車した。

「……ちょっ、ちょっと……」

氷川は椅子《いす》から滑り落ちそうになってしまう。

「姐さん、大丈夫ですか？」

「……う、うん」

「藤堂さん、これはいったいどういうこと？」

氷川が真っ青な顔で尋ねると、藤堂はなんでもないことのように軽く言った。

「サメの手落ちでしょう」

サメとは眞鍋組の裏の実動部隊とも諜報部隊《ちょうほうぶたい》とも目されている集団を率いる男だ。若い清和の躍進の最大の理由はサメの暗躍と囁《ささや》かれている。もっとも、腕利きのメンバーが抜けた穴が大きく、以前のような機動力はない。

「またサメくんのミス？」

清和のみならずリキや祐《たすく》といった眞鍋組の幹部たちは、サメに対する鬱憤《うっぷん》を募らせている。

「俺が知るサメならばこんな事態を引き起こさなかった」

藤堂が藤堂組の金看板を背負っていた頃、サメが率いる諜報部隊の暗躍により、何度も目的を阻まれた。

「……サメくんのお蕎麦《そば》の食べ歩き……っと、そんなことを言っている場合じゃない。清和くんが逮捕された。桐嶋さんを狙撃したのは眞鍋組だって思われている」

「そのようですね」

藤堂は普段と同じように紳士然としている。なんらおかしいところはないが、氷川は引っかかった。

「藤堂さん、何か知っているの？」

おそらく、藤堂は何か摑んでいるはずだ。今までもそうだった。何も知らないようなふりをしているが、本当はすべて知っている。

「俺は何も知りません」

「何か知っているね」

「天地神明に誓って何も」

藤堂はこれ以上ないというくらい上品に微笑んだ。

「嘘つき」

つい先日の一件、氷川の女装姿に心を奪われ、情熱的な告白と執拗《しつよう》な交渉をした高校生の本郷公義《ほんごうきみよし》がヒットマンに狙われた。てっきり、嫉妬《しっと》に駆られた清和が、ヒットマンを送り込んだと氷川は思った。

それゆえ、氷川は激怒して高野山《こうやさん》の福清厳浄明院《ふくせいごんじょうみょういん》に飛び込んだ。清和に反省を促すために。眞鍋組を眞鍋寺にするために。

だが、公義にヒットマンを送り込んだのは清和ではなかった。

その真相を摑み、眞鍋組に告げたのは藤堂である。

「姐さん、落ち着いてください」

「……うん、とりあえず、桐嶋さんと清和くんを助ける。眞鍋組のみんなも助ける」

氷川が清楚《せいそ》な美貌で力むと、藤堂はシニカルに口元を緩めた。

「姐さんは落ち着いてくだされればよろしい」

「だから、落ち着いている。桐嶋さんと清和くんと眞鍋組のみんなは絶対に助ける。濡《ぬ》れ衣《ぎぬ》だ。桐嶋さんをこんな目に遭わせたのは楊一族でしょう。とっ捕まえて警察に突きだしてやる」

氷川の耳にはリキやショウが口にした『楊一族』という言葉が耳にこびりついている。香港《ホンコン》マフィアの楊一族だ。

共闘を拒んだから敵に回ったというのか。

「姐さんはお茶でも飲んでお待ちになるだけでよろしい」

「お茶なんて飲んでいられない」

「姐さんの役目は美しくあることです」

「楊一族の本拠地は香港だよね。エリザベスがやらせた?」

氷川が福清厳浄明院で行に励んでいた時、楊一族の日本支部を任されているエリザベスという美女が交渉のために乗り込んできた。頭目がロシアン・マフィアのイジオットの計略によって殺され、楊一族は報復戦争を計画していたのだ。楊一族の使者であるエリザベスは眞鍋組に共闘を申し出た。

『楊一族は負ける戦争はしないわ。眞鍋組と手を組みたいの。一緒にイジオットを叩《たた》きのめしましょう』

エリザベスの共闘の申し込みに、氷川は顎《あご》を外しかけた。

もっとも、眞鍋組にとってもイジオットは脅威だ。イジオットが日本進出を目論《もくろ》んでいることは間違いない。

「姐さん、楊一族のことは忘れてください」

「忘れるわけないでしょう」

ぶわっ、と清和とエリザベスのキスシーンが脳裏に浮かぶ。こともあろうに、エリザベスは清和を誘惑しようとした。

『眞鍋のボスを知って、初めて男というものを知ったわ。こんな素晴らしい男は香港にはいないもの』

エリザベスはなかなか清和を諦《あきら》めなかった。

楊貴妃《ようきひ》と称えられる美女が楊一族の亡《な》き頭目の五男坊だと知り、呆然としたものだ。深夜、エリザベスに投げた枕《まくら》の感触は今でも覚えている。いくら投げても当たらなかったから悔しい。一発ぐらい当てたかった。

「姐さんの美貌を陰らせるのは忍びない」

「藤堂さん、さっさと知っていることを教えて」

「俺も戸惑っています」

藤堂は端整な顔を曇らせたが、内心ではどう思っているかわからない。氷川は怪訝《けげん》な思いで確かめるように聞いた。

「楊一族に？」

「はい」

「狙われたのは桐嶋さんじゃなくて藤堂さんだった？」

イジオットのボスの息子であるウラジーミルが、初めて囲った愛人がほかでもない藤堂だ。冬将軍と揶揄される次期ボス候補筆頭は藤堂を愛している。それは氷川もいやというほど知っていた。

楊一族もウラジーミルの初めての愛人の情報は摑んでいるはずだ。

「おそらく」

「桐嶋さんが藤堂さんを庇《かば》って撃たれたんだ」

「俺は自分が狙われていることに気づかなかった」

迂闊《うかつ》でした、と藤堂は悔しそうにポツリと零した。なんとも言いがたい哀愁が漂っている。……漂っているけれども。

清和が宿敵とつけ狙った紳士は一筋縄ではいかない。

「藤堂さんは自分が狙われている、って気づいていた?」

「恥ずかしながら銃声を聞くまではまったく……」

「嘘つき、藤堂さんは自分が狙われていることに気づいていた。撃たれるつもりだったんだ。桐嶋さんが自分を庇って撃たれたから後悔しているんだ」

氷川がズバリ指摘すると、藤堂は苦笑を漏らした。

「……姐さん」

図星だ。

藤堂は自分が撃たれるつもりだった。

「桐嶋さんは藤堂さんを命に代えても守る。当然でしょう。どうして狙われているってわかっているのに気をつけなかった?」

藤堂は死にたいのか。死にたがっているのか。真意は定かではないが、自分の命を大切にしていないことは確かだ。

まったくもって、腹立たしいことこのうえない。

「姐さん、そこまでにしていただきたい」

「負傷者の前でする話じゃない……え？　どこに入っていくの？」

桐嶋、氷川と藤堂を乗せた救急車は、病院ではなく高い門に囲まれた一軒家に進む。広大な庭には無数のドーベルマンがいた。おそらく、番犬だ。

「ウラジーミルの愛人、眞鍋組組長の愛人、おとなしく降りろ」

桐嶋に処置を施した救急隊員が救急車のドアを開ける。

「いったいどういうこと？」

救急車に桐嶋を置いて降りるわけにはいかない。

「眞鍋組組長の愛人、さっさと降りろ」

「ここはどこ？」

特権階級相手に高級ホテルや高級ペンションのような病院があると聞いている。しかし、どう楽観的に考えても病院には見えない。

「眞鍋組組長の愛人が知る必要はない」

「……偽救急車じゃないし、偽の救急隊員でもない……のに……」

偽の救急車や偽の救急隊員ならば、その違和感でなんとなく気づく。

「眞鍋組組長の愛人なんかになるのがいけないんだ。普通の金持ちジジイを悦《よろこ》ばせていればよかったんだよ」

「オペ室はありますか？」

「さっさと降りろよ」

「君も救急隊員ならば桐嶋さんがどんな状態かわかるでしょう」

氷川が命を預かる医師の目で言うと、救急隊員は苦しそうにそっぽを向いた。運転席にいる救急隊員は髪の毛を掻《か》き毟《むし》る。

彼らはちゃんと医療従事者としてのプライドを所有していた。

「救急隊員が助かる命を助けないのですか」

氷川が重ねて言うと、救急車にいた救急隊員たちは全員、苦しそうに低く唸《うな》る。

その時、冷たい声が飛び込んできた。

「桐嶋の命は助けなくてもいい」

ひょい、と救急車を覗《のぞ》き込《こ》んだのは楊一族のメンバーのひとりだ。つい先ほど、清和に青竜刀を振り回していた。

どうして、ここに楊一族の男がいるのか。

「……楊一族？」

「姐さん、エリザベスから話は聞いている。坊主にならなかったのか？」

さも当然のように、日本支部の責任者であるエリザベスの名が飛びだす。いつしか、救急車の周りは青竜刀を構えた楊一族の男たちでいっぱいになった。つい先ほど、ショウに殴り飛ばされた男もいる。

「なぜ、楊一族が？」

救急隊員と救急車は本物、楊一族の男も本物、と氷川は冷静に頭を働かせた。ここで取り乱したら終わりだと本能が告げている。

「姐さんは坊主になることを考えていればいい。坊主なら抹殺対象にならないから」

「……抹殺？」

「眞鍋はイジオットの犬に成り下がった。ボスはおかんむり」

眞鍋組はロシアン・マフィアのイジオットの傘下に入っていない。そもそも、昨今では珍しく、一本立ちしている暴力団だ。

「……は？　イジオットの犬？」

「イジオットも犬も一緒に叩《たた》き潰《つぶ》す」

「……ひょっとして、救急隊員……君たちは楊一族に買収されている？」

氷川が険しい顔つきで指摘すると、救急車内にいた救急隊員たちは全員、苦しそうに呻《うめ》き声《ごえ》を漏らした。

「楊一族に買収されたんだ。それで僕と藤堂さんを拉致《らち》した……」

拉致の次は監禁か、と氷川の背筋に冷たいものが走る。何しろ、桐嶋は今にも事切れそうな状態だ。

「お利口さんな奴《やつ》らだ」

楊一族の男は救急車内にいる救急隊員たちを褒《ほ》め称《たた》えた。本心からではないだろう。

ピリピリピリピリッ、と張り詰めた空気が車内に走る。

「僕と藤堂さんを監禁する気？」

「おとなしくしていたら最高の待遇を約束する。おもてなし、は日本の専売特許じゃない。飲茶《ヤムチャ》は美味《うま》いよ」

「まず、誤解を解く。眞鍋組はイジオットの傘下に入っていない」

楊一族にとって元頭目を抹殺されたイジオットは敵だ。特にイジオット側の責任者だったウラジーミルは、メンツにかけて報復せねばならない敵である。

「眞鍋はイジオットの犬に成り下がった」

イジオットの犬、という繰り返される言葉を払拭《ふっしょく》しなければならない。

「どこでそんなデタラメを聞いた？」

「眞鍋は我らの協力要請を無視し、イジオットと手を組んだ。イジオットは眞鍋組のためにウィーンのネフスキーを叩き潰した」

あのネフスキー・コネクションを壊滅させるとは、と楊一族の男たちはそれぞれ感嘆の息を漏らしている。

元ＫＧＢのネフスキーが構築したロシアン・マフィアは、侮《あなど》れない組織として名を馳《は》せていたという。

それなのに、ウラジーミルにあっさりと壊滅させられた。いや、冬将軍ことウラジーミルが強すぎたのだろう。氷川にはなんとなくだがわかる。

「それは……」

当初、眞鍋組は楊一族と手を組むつもりだった。横浜《よこはま》で祐が代表者として交渉する予定だったのだ。

けれど、藤堂の仲介で事態は一変した。

『本郷公義くんの命、助けたいですね？』

本郷公義の命、と藤堂はなんでもないことのようにサラリと言った。

女装した氷川に一目惚《ひとめぼ》れした高校生の曾祖父《そうそふ》である元外務大臣が、旧ソビエト連邦のスパイだったのだ。政治家の祖父も旧ソビエト連邦のスパイだった。ソビエト解体後、元KGBのネフスキーに強請《ゆす》られ、拒んだ。

その結果、公義にヒットマンが送り込まれたのだ。

『藤堂さん、取引、って言ったよね？　いったいどんな取引？』

氷川は公義も本郷家も助けたかった。由緒正しい名家には守らねばならない家格がある。外務大臣を務めた公義の曾祖父や祖父がスパイだっただの、公になれば、本郷家だけでなく親戚《しんせき》一同の名にも関《かか》わる。新たな不幸と混乱を招きかねない。

『ネフスキーに本郷家を諦めさせる』

ネフスキーの目的は本郷家の資産だという。

『どうやって?』

『ウラジーミルを使います』

毒を以《もっ》て毒を制す。

ウィーンに本拠地を置くロシアン・マフィアにモスクワに本拠地を置くロシアン・マフィアをぶつけるのか。

『ウラジーミル?』

『その代わり、眞鍋は楊一族と共闘しないこと』

藤堂が出した条件を氷川は呑んだ。すなわち、清和のみならず眞鍋組の面々にも認めさせた。楊一族から差しだされた手を拒んでいる。

取引は無事に成立した。

取引の通り、つつがなくことは進んだ。終わった。ウラジーミルがネフスキー一派を壊滅させたことは予想外だったものの、何事もなく終わったのだ。

それなのに、楊一族がこんな強硬手段を取るとは。

「眞鍋は楊一族を裏切った」

スッ、と氷川に青竜刀の切っ先が向けられる。

「裏切った、っていう表現は的確じゃない」

公義と本郷家のためにも、ここで真実を明かすわけにはいかない。けれども、眞鍋組がイジオットの支配下にあるという誤解は解きたい。何より、眞鍋組と楊一族を争わせたくない。

「眞鍋のボス、誤魔化《ごまか》しても無駄だ」

「僕は眞鍋のボスじゃない」

氷川は猛々《たけだけ》しい形相《ぎょうそう》で否定した。

「眞鍋で一番力を持っているのが姐さんだ。さぁ、降りろ」

高野山にいた時、氷川が眞鍋組の真の支配者だと思い込んだ輩《やから》が詰めかけた。天空の聖域が闇《やみ》社会関係者だらけになり、氷川は途方に暮れたものだ。

「桐嶋さんの緊急オペは？」

「藤堂を始末してウラジーミルに思い知らせてやろうとしたのに桐嶋が邪魔をした。桐嶋は始末する」

「楊一族のリサーチ失敗です」

真正面からぶつかっても駄目、斜め右方向から攻める、と氷川は意味深な目で煽《あお》るように言った。

「なんだと？」

「ロシアや香港でどんな噂が流れているのか知らないけれど、藤堂さんは桐嶋さんのお嫁さんだよ」

事実だ。決して嘘ではない。

「……藤堂はウラジーミルが初めて執着した愛人だ……そう聞いているから狙ったが……」

「日本において藤堂さんは桐嶋さんのお嫁さんです。仲良くふたりで暮らしていますよ。寝るベッドも一緒です」

二度と藤堂が行方をくらまさないように、桐嶋は昼夜問わず、そばに張りついていた。桐嶋曰《いわ》く『金魚のフン』だ。

「藤堂、お前はウラジーミルの愛人ではなくて桐嶋の妻なのか？」

楊一族のメンバーが不可解そうな顔で藤堂に尋ねた時、どこからともなく凄まじい爆発音が聞こえてきた。

ドーン。

ガシャーン、ガラガラガラガラッ。

それと同時にけたたましい無数のエンジン音が響き渡る。

白い煙の中、大型バイクが壊れた塀から現れた。

「この飲茶野郎、よくもやりやがったな。姐さんを返せーっ」

眞鍋が誇る特攻隊長のショウが、大型バイクで乗り込んできた。背後には宇治《うじ》や吾郎《ごろう》、卓《すぐる》といった眞鍋組の若手構成員たちが続く。

「イジオットの犬の特攻だ」

「イジオットの犬のカミカゼだーっ」

「ロマノフの亡霊の奴隷だっ」

瞬時に救急車を取り囲んでいた楊一族のメンバーたちがいきり立った。大型バイクにライフルや散弾銃で応戦する。

「だから、俺は姐さんの犬だーっ」

「俺もイジオットの犬じゃなくて姐さんの犬だーっ」

「俺もロマノフの亡霊の奴隷じゃなくて姐さんの奴隷だーっ」

眞鍋組の男たちは口々に氷川の支配下であることを宣言した。ガタガタガタガタンッ、と氷川が乗っている救急車が派手に揺れる。

「姐さん、出番だ」

楊一族の男に青竜刀を突きつけられ、氷川は強引に救急車から引《ひ》き摺《ず》り下《お》ろされた。風が氷川の頬《ほお》を撫《な》でる。

「おいおいおいおいおい、こっちには人質がいるんだよ」

その瞬間、怒髪天を衝《つ》いていた眞鍋組の精鋭たちの動きが止まる。ピタリ、と。

「大和撫子《やまとなでしこ》の姐さんがどうなってもいいのか？」

楊一族の男は煽るように、氷川の白い頬に青竜刀の刃を当てた。

ッ……。

その刃の冷たさに氷川の背筋は凍りついた。

が、清和の舎弟たちの前で悲鳴は漏らさない。助けを求めたりはしない。ただただ自分の足で立つ。

「……カタギの姐さんによくも」

ショウが悔しそうに零すや否や、すぐそばにいた楊一族のメンバーがヌンチャクで攻撃を始める。

シュッ、シュッシュッシュッ。

ショウは身軽に躱《かわ》すが、防戦一方だ。

「動くな、手を上げろ」

楊一族のメンバーは氷川を盾に、眞鍋組構成員たちに降伏を迫る。

「……くっ」

悔しそうに呻いたのは、宇治と吾郎だ。

「ほら、大和撫子の姐さんの綺麗な顔に傷ができたら困るだろう。失明しても困るよな。鼻を削《そ》ぎ落《お》としても困るよな」

　楊一族の男が勝ち誇ったように言うと、卓を殴り続けている男は馬鹿《ばか》にしたように笑った。

「我ら、楊一族を甘く見た酬《むく》いだ。思い知れ」

「二代目組長に伝えろ。大和撫子の姐さんを返してほしければウラジーミルの首を差しだせ、と」

　楊一族の男から眞鍋組に交換条件が提示された。氷川とイジオットのウラジーミルの命の交換だ。

　イジオットを裏切れ、と暗に命じているのだろう。

「……で、藤堂さんも拉致した。藤堂さんは誰との取引でどう使う？」

　氷川が掠《かす》れた声で尋ねると、楊一族の男は楽しそうにほくそえんだ。

「大和撫子の姐さん、人質らしく震えていてくれないかな」

「あいにく、これくらいで震えられない」

　氷川が胸を張って言い返すと、あちこちから感服の声が上がった。

「大和撫子の姐さんの中身は九州男児か？」

「九州男児にどんなイメージを持っているのか知らないけれど、ウラジーミルと交渉するために藤堂さんを拉致したんでしょう……あ、元々、ヒットマンが藤堂さんを狙ったのは買収した救急車に乗せて拉致するため？」

ウラジーミルには藤堂さんを帰してほしければ眞鍋組組長の首を差しだせ、って言うのかな、と氷川は歌うように続けた。

「九州男児の姐さん、よくわかったね。実はウラジーミルの愛人の生け捕りを計画していた」

「エリザベスの作戦？」

「エリザベスは役に立たない。頭目の作戦だ」

「頭目とは亡くなった頭目の息子？　長男？　次男？　三男？　四男？」

前の頭目が亡くなった後、楊一族の間では内輪揉《うちわも》めが始まったと聞いた。以前のように一枚岩ではない、と。

「楊一族のボスは長男のギルバート様だ。次男坊様も三男坊様もエリザベス様も従者だ」

「僕、眞鍋と楊一族に戦争をさせたくない」

氷川が真面目《まじめ》な顔で言うと、楊一族の男は同意するように相槌《あいづち》を打った。

「気が合うな」

「だから、清和くんが怒る前に僕を解放して」

「眞鍋組の組長がウラジーミルの首をプレゼントしてくれたら姐さんをお返しする。眞鍋組のシマは切り取らない。お金も必要ない。悪い話じゃないね」

楊一族の男が言い終わるや否や、また物凄い爆音が響き渡った。

ゴワッ。

ズガーン。

ズガーン。

ズガーン、ガラガラガラガラッ。

目の前に建っていた重厚な家屋が音を立てて崩れていく。幾筋もの煙が立ちこめる中、恐ろしい悪鬼がいた。

「……ひっ」

バタッ、と救急車内にいた救急隊員が泡を噴いて倒れた。無言のまま失神した隊員もいる。運転手は白目を剝《む》いている。

「……な、な、なんだ？」

「鬼？　鬼か？　鬼だな？」

「鬼がバズーカ砲を構えているーっ」

楊一族のメンバーもそれぞれ真っ青な顔で狼狽《ろうばい》した。体格のいいメンバーはライフルを構え直す。

が、悪鬼が所持しているのはバズーカ砲だ。

その威力は一瞬にして吹き飛んだ屋敷《やしき》が証明している。

「……鬼……鬼？　鬼が大砲みたいなの……ううん、鬼じゃない……」

バズーカ砲を抱えた鬼。

鬼にしか見えないが、角は生えていない。

アルマーニのスーツを身につけた不夜城の覇者だ。サポートについているのは、眞鍋の虎《とら》ことリキである。

「……せ、せ、せ、清和くん？」

氷川が掠れた声を上げた時、いつの間にか背後に忍び寄っていたサメが青竜刀を蹴り飛ばした。

「楊一族、眞鍋の龍を怒らせたな」

覚悟しろ、とサメはジャックナイフで楊一族の男の耳朶《じだ》に切りつけた。

プシュッ。

血飛沫《ちしぶき》が飛ぶ。

「……お、お前はサメ？」

「姐さんに手を出したら終わりだ」

このクソ忙しい時にやりやがって、とサメは忌々《いまいま》しそうに舌打ちをした。同時にスキンヘッドの大男の鳩尾《みぞおち》にジャックナイフを突き刺す。

プシューッ。

血の噴水だ。

楊一族の男はサメに言い返した。

「望むところだ。戦争開始」

「さっさと香港に戻って戦争の準備をしろ」

「戦争の準備は整った」

楊一族の男は口では勇ましいことを言っているが、青竜刀を振り回しながら猛スピードで逃げていった。

ほかのメンバーにしてもそうだ。蜘蛛《くも》の子を散らすように逃げていった。

「ひとりも逃すな」

清和はバズーカ砲を構えたまま、命知らずの舎弟たちに命令を下す。

「全員、血祭りにあげてやるぜっ」

「よくも姐さんをーっ」

「姐さんに手を出したらどうなるか思い知れーっ」

眞鍋組構成員による逆襲が始まった。

その寸前、氷川が甲高い声で止めた。

「もうやめて。僕は無事だからーっ」

逃げた相手をわざわざ追う必要はない。

「姐さん、お怪我《けが》は?」

サメに神妙な面持ちで聞かれ、氷川は明確な声で答えた。

「僕は無事だ。僕は平気だよ。桐嶋さんを早く病院に連れていって」

「木村先生を連れてきています」

「じゃあ、早く木村先生に診《み》てもらって。楊一族なんかに関わっている暇はないよっ」

氷川は真っ赤な顔で怒鳴ると、バズーカ砲を手放さない清和に向かって突進した。タッタッタッタッ、と。

一刻も早く、愛しい男を力の限り抱き締めたい。何より、愛しい男から恐ろしい凶器を取り上げたい。

「清和くん、清和くん、僕の清和くんっ」

氷川は目から大粒の涙を零しながら、愛しい男に抱きついた。

「……すまない」

怖い思いをさせてしまった、という清和の無念が伝わってくる。表情はこれといって変わらないが、氷川はなんとなく清和の心情を読み取ることができるのだ。

「僕の清和くんは無事だね？」

氷川は確かめるように、清和の顔や身体を撫で回した。命より大切な男から血の匂いはしない。

「ああ」

「清和くん、そんな恐ろしいものをどうして持っているの」

氷川が素朴な疑問を口にすると、清和は仏頂面《ぶっちょうづら》で黙りこくった。ズシリ、と周囲の空気も重くなる。まるでシャッターが下りたようだ。

「正直に答えなさい」

「……………」

「いったいどこで拾ったの？」

氷川が真顔で聞くと、清和の切れ長の目が宙に浮いた。

ぶはっ、と噴きだしたのは桐嶋を眞鍋組の救急車に運んでいたショウと宇治だ。河原のエロ本じゃあるまいし、と楽しそうに笑ったのはサメである。

「……………」

「そんなもの拾ってどうするの。ちゃんと交番に届けなきゃ駄目でしょう」

ペチペチ、と氷川は清和を諭すように頬を優しく叩いた。

「……………」

清和は焦点の定まらない目で、氷川の白い手を頬で受けている。バズーカ砲を構えていた時とは別人だ。

「諒《りょう》兄ちゃんがついていってあげるから交番に届けようね」

初めて会った時、清和は二歳でおむつをしていた。どんな美丈夫《びじょうぶ》に成長しても、氷川にとっては可愛《かわい》い存在だ。

「…………」

「……あ、交番は駄目だね。届けちゃ駄目だ」

はっ、と氷川は我に返る。交番にバズーカ砲を届けたらその時点でアウトだ。

「…………」

「清和くん、こんなのどうする気？」

粗大ゴミに出しても引き取ってくれるとは思えない。不要品回収車も定かではない。今すぐにでも凶器を捨てさせたいというのに。

「…………」

「不法投棄は犯罪だからね。駄目だよ」

「…………」

「……清和くん、あんまり心配させないで」

スイッチが切り替わったらしく、氷川の脳裏からバズーカ砲が消えた。愛しい男の無事を噛《か》み締《し》める。

「すまない」

「……現行犯逮捕されたんだよね？　無実が証明されたの？」

「…………」

いつであれ、なんであれ、清和は氷川が組の問題に関わることをいやがる。周りの空気がざわざわとざわめいた。

「関わるな、って言うのはやめてね」

何も知らないと対処できないことが多々ある。スリスリスリスリ、と氷川は急《せ》かすように清和のシャープな頬を撫でた。

傷はひとつも見当たらない。

すでに清和の身体には無数の傷跡がある。これ以上、増やしたくはない。愛しい男に傷が増えるなら、自分が代わりに傷を負いたい。

自分を守りたがっている男がいやがるとわかっているけれども。

「…………」

「無実が証明された?」

氷川は無実が証明されたのだと思いたかった。

「……あいつらは楊一族に買収された刑事と警察官たちだ」

清和は抑揚のない声でポツリと明かした。

ガツン。

氷川はハンマーで頭部を殴られたようなショックに呆然とした。

「……え?」

「楊一族、食い込んでいる」

清和の憮然《ぶぜん》とした面持ちが、警察内部にまで浸透している楊一族の力を物語っている。香港マフィアの一角を占める楊一族は侮れない。

その噂は氷川も聞いていたが。

「楊一族はあんなに大勢の警察官を買収しているの？」

いったいどれくらいかかったのか、氷川には見当もつかない。

「検察にも楊一族は食い込んでいる」

「……検察にも？」

「大物政治家とも繋《つな》がっている」

そこまで食い込んでいるから手段を選べなかった、と清和は暗にバズーカ砲の使用を明かした気配がある。

「大物政治家も買収されたのかな」

「必ず、守る」

清和の逞しい腕に抱き締められ、氷川はなんとか正気を保った。こんなところで卒倒している場合ではない。

2

氷川《ひかわ》は清和《せいわ》に庇《かば》われるようにして、銀のメルセデス・ベンツに乗り込む。バズーカ砲で破壊した楊《よう》一族のアジトを後にした。

車内の空気はどんよりと重い。

瀕死《ひんし》の桐嶋《きりしま》は付き添いの藤堂《とうどう》とともに眞鍋《まなべ》第二ビルに運ばれたという。執刀医はモグリの木村《きむら》だ。

氷川も桐嶋に付き添いたい。木村のサポートにつきたい。

だが、それどころではない。

清和が君臨する街に異変はないが、眞鍋組総本部は抗争時となんら変わらない状態になっていた。武器や爆発物、米ドル札の束など、普段ならば隠し扉や隠し金庫にあるものがやたらと目につく。集めているデータは楊一族に関するものばかりだ。

ショウは宇治《うじ》や吾郎《ごろう》を引き連れ、大型バイクで飛びだしていった。

祐《たすく》は組長不在の桐嶋組を案じ、顧問の橘高正宗《きったかまさむね》と舎弟頭の安部信一郎《あべしんいちろう》を乗り込ませることにした。スマートな参謀自身も、桐嶋組総本部で指揮を執《と》る手筈《てはず》だ。

抗争に反対する者はひとりもいない。

「清和くん、早まらないでほしい。お願いだから思い直して」

氷川は清和の腕を摑《つか》み、何度目かわからないお願いをした。

「女は黙っていろ」

極道の妻のセオリーを向けられても、氷川は引いたりはしない。心と頭には『戦争反対』のハチマキを巻いている。

「戦争反対」

「黙れ」

「楊一族と話し合おう」

楊一族と話し合う余地はある、交渉する余地はある、と氷川は思った。無理やり思い込んだと言ったほうが正しいのかもしれない。

卓《すぐる》は収集した楊一族による容赦ないやり口のデータを羅列したが、全力を傾けて目を瞑《つぶ》ったのだ。

「無用」

「楊一族と戦争してもいいことは何もないよ」

楊一族と眞鍋組が抗争となれば、待ち構えていたように不夜城を狙《ねら》っていた暴力団が動きだす。それこそ、国内外の闇組織《やみそしき》が乗り込んでくるだろう。中には東京進出を虎視眈々《こしたんたん》と目論《もくろ》んでいたイジオットもいるかもしれない。瞬《また》く間《ま》に、眞鍋組のシマは狩り場になる。隣接する桐嶋組も血の海に沈むはずだ。

「…………」

清和も楊一族との抗争のリスクを重々、承知している。

「清和くん、こっちを向いて」

決して清和は氷川と目を合わせようとはしない。姑息《こそく》にもずっと逃げ続けている。総本部に詰めている構成員たちは、二代目夫婦に一歩も近寄らなかった。

「…………」

「僕を見て」

クイッ、と清和の両頬《りょうほお》を摑んで自分に向かせる。

そのまま固定。

首は固定したが、肝心の目はあらぬ方向に注がれたままだ。そんなにデスクに載せられている台湾《タイワン》バナナとパイナップルケーキが気になるのか。なんでも、眞鍋組のシマにある台湾料理店の差し入れだというけれども。

「…………」

「どうして僕を見てくれないの？」

「…………」

「そんなに台湾バナナとパイナップルケーキが好きなの？」

氷川の指摘に思うところがあったのか、清和の視線は台湾バナナとパイナップルケーキから外された。

それでも、視界に氷川を入れようとはしない。

なんとかしろ、と頭脳派幹部候補として教育されている卓に指示を出した。その射るような鋭い目で。

無理です、と卓は全身で清和の組長命令を無視した。知的な舎弟は一心不乱に最新型のパソコンのキーボードを叩《たた》いている。

はっきり言って、氷川は面白くない。

清和と卓の無言のやりとりを冷たい声でぶった切った。

「なぜ、清和くんは卓くんを見つめているの？」

ピリッ。

どこかで何かが破れた。

そんな気がした。

清和の態度は一向に変わらないが、身に纏《まと》う覇気は違う。

「…………」

「僕より卓くんがいいの？」

むぎゅっ。

氷川はイライラして、清和の頰を抓《つね》った。

そのままキープ。

キープしても清和は微動だにしない。相変わらず、卓を凝視したまま、口を真一文字に結んでいる。

「………」

強情な、と氷川の目が自然に据わる。

「極道の妻の戦いはタマの奪《と》り合《あ》いだって聞いた。僕は清和くんのタマを奪るため、卓くんと戦わなきゃ駄目なの？」

ふいっ、と清和はとうとう卓に向かって手を振った。なんとかしてくれ、という明確な援助要請だ。

……だとわかっているが、氷川は甚《はなは》だ面白くない。

「清和くん、何？　僕の前で堂々と卓くんと愛のコンタクト？」

「………」

「僕だけを見て」

愛《いと》しい男が他人を見ていると面白くない。それは確かだ。清和と愛し合う前、氷川は自分にこんな激しい感情があると知らなかった。

「………」

「僕以外、見ることは許さないよ」

僕だけ見ていればいいのに、と氷川は心底から切に思う。立っているだけで数多《あまた》の美女を魅了するから不安でたまらなくなるのだ。

「…………」

「戦争なんてしている暇があったら僕を見て」

清和は敵には容赦がない苛烈《かれつ》な極道として名を馳《は》せている。氷川は嬉々《きき》として敵陣に乗り込む男の気持ちが理解できない。

「…………」

「楊一族には僕が話をつけるから任せて……」

氷川の言葉を遮るように、清和は険しい形相で言い放った。

「やめろ」

一瞬、眞鍋組総本部には恐怖混じりの緊張が漲《みなぎ》る。

もちろん、恐怖の原因は誰よりも麗しい二代目姐《あね》だ。

核弾頭と仇名《あだな》される二代目姐の今後の所業に怯《おび》えたのか、とうとう卓が観念したように口を挟んだ。

「姐さん、楊一族との開戦理由を祐さんが説明したでしょう。もう一度、説明させていただきます。落ち着いて聞いてください」

祐は楊一族との抗争に反対してくれると踏んでいた。魔女、と恐れられる参謀は、眞鍋組で一番ビジネスマンらしいからだ。

なのに、祐まで抗争に賛成した。

最大の理由は二代目姐を攫《さら》われたからだ。

氷川は無事だった。掠《かす》り傷《きず》ひとつ負わなかったというのに。清和のバズーカ砲攻撃により、楊一族のほうが被害は甚大《じんだい》だと察せられるのに。

「諸悪の根源、悪いのはウラジーミルだよね」

どうして楊一族が暴れだしたのか。

糸を手繰《たぐ》れば、楊一族の頭目がモスクワで始末されたからだ。罪は楊一族の元頭目をモスクワまで呼び寄せ、交渉のテーブルに着かせたイジオットにある。

「ウラジーミルが自身の影武者を使って、楊一族の頭目をガス爆発に紛れ暗殺しました。最初から楊一族と手を組むつもりはなかったようです」

「そういうの、仁義にもとる、って言うんでしょう」

仁義と義理が重たい任俠《にんきょう》の世界は、すでに過去の遺物となっていた。しかし、橘高や安部など、眞鍋組には化石と化した古い極道が生き残り、人望を集めている。

「はい、楊一族はウラジーミルを始末しなければメンツを保てない。香港《ホンコン》でシマを失うことになるでしょう」

香港自体、経済のスケールが桁違《けたちが》いだ。香港マフィアの資金力は言うまでもなく、世界各国に網の目のように情報網が張り巡らされている。少しでも隙《すき》を見せたら終わりだ。

「そうだろうね」

「楊一族はウラジーミルに仕掛けます」

楊一族はウラジーミルに報復しなければ、香港で生き残ることができない。それは高野《こうや》山《さん》でエリザベスから聞いた。

楊一族とイジオットが戦えばいい。

なぜ、楊一族とイジオットの戦争に眞鍋が巻き込まれなければならないのか。氷川は般《はん》若《にゃ》のような顔で凄《すご》んだ。

「眞鍋は関係ない」

「ですから、あの藤堂仲介の取引のせいで、眞鍋組がウラジーミルと手を組んだと誤解されてしまいました」

公義《きみよし》の曾祖父《そうそふ》や祖父の秘密は明かさないように注意したという。何も知らなければ、ウラジーミルが眞鍋組の依頼により、ウィーンのネフスキーを壊滅させたことになる。それだけだ。それだけなのに。

「誤解を解こう」

「藤堂が誤解されるように動いたのだと推測できます」

やられましたね、何か裏があると祐さんは言っていましたが、と卓は独り言のようにポツリポツリと零《こぼ》した。

「藤堂さん、なんだかんだ言いつつ、ウラジーミルが大事なんだね」

あの時、あの状態では藤堂の申し出に乗るしかなかった。藤堂は明言しなかったが、楊一族と眞鍋組に共闘させたくなかった最大の理由は、ウラジーミルの安全だったに違いない。

単なるウラジーミルの片思いではないのか。

藤堂もウラジーミルに心があるのか。

そばにいた桐嶋の苦虫を嚙《か》み潰《つぶ》したような顔からもそう思った。

「藤堂とウラジーミルの真の関係は霧の中」

どうも、卓は藤堂とウラジーミルの本当の気持ちを探りたくないらしい。極道時代の藤堂にさんざん煮え湯を飲まされたからだろうか。

「愛じゃないの？　愛でしょう？」

「私利私欲の関係ではないですか？」

「愛でしょう」

「藤堂とウラジーミルは結託して東京を……日本を切り取ろうとしている」

藤堂がイジオットの急先鋒《きゅうせんぽう》だという見解が大半を占める。ただ、イジオットも一枚岩ではない。ボスと次期ボス候補の意志が同じだとは限らないのだ。

「愛だよ。愛から目を背けないで」

氷川は頬を薔薇色《ばらいろ》に染め、力を込めてその場を踏みしめた。

愛ならばすべて理解できる。

氷川が命より大事な男への愛で生きているからだ。

「二代目が反吐《へど》を吐くからやめてください」

卓が藤堂とウラジーミルの恋物語から目を背ける理由は眞鍋組の昇《のぼ》り龍《りゅう》だ。清和はかつての宿敵と冬将軍の恋が理解できないらしい。理解しようともしない。

「それで？　楊一族は眞鍋がウラジーミルの手下だと思って攻撃してきたんでしょう？　まず、誤解を解くべきじゃない？」

台湾料理でも食べながら話し合うのもいいかもしれない、と氷川は台湾バナナとパイナップルケーキに視線を流した。どういうわけか、台湾バナナとパイナップルケーキの存在感が大きいのだ。

総本部にそぐわないだけかもしれないが。

「無理です」

氷川は台湾バナナに手を伸ばし、さりげない手つきで皮を剝《む》いた。

「どうして？」

「今回、楊一族は警察を使って二代目を逮捕させたうえに姐さんを誘拐しました。桐嶋組長にも鉛玉を食らわせました。見逃せば、眞鍋の名が地に落ちます」

卓は眞鍋組の精鋭らしく、凛《りん》とした態度で言い放った。

今の氷川にしてみれば、卓は小憎たらしい頭脳派幹部候補だ。そのよく回る口が恨めしい。

「見逃したぐらいで地に落ちるならさっさと眞鍋組を解散させよう」

ズボッ。

氷川は有無を言わせぬ迫力で卓の口に台湾バナナを突っ込んだ。

必殺、台湾バナナ攻撃。

「……ふっ……ぐっ……」

卓はいきなりの台湾バナナ攻撃に苦しむ。その場に詰めていた眞鍋組構成員たちも、バナナを突っ込まれたような顔をしている。

背中に極彩色の昇り龍を背負った男は、木偶《でく》の坊《ぼう》と化していた。

氷川は台湾バナナ攻撃の効果を知る。

「眞鍋組を解散して、みんなで台湾に遊びに行こう。台湾のご飯は健康的で美味《おい》しいって聞いたよ」

氷川は花が咲いたように微笑《ほほえ》みつつ、台湾バナナを卓の口に押し込んだ。

「……ぐっ……」

卓は吐きだしたりせず、涙目で台湾バナナを食べている。

……いや、飲み込んでいる。

「僕、清和くんやみんなと一緒に台湾の本場でヘチマと海老《えび》の小籠包《ショーロンポー》が食べたいな。台湾フリークの看護師さんに聞いたけど、すっごく美味しいんだって」

台湾の素食というベジタリアン食には前々から注目していた。植物性たんぱくでいろいろなメニューが作られているはずだ。

「……っ……ふっ……」

卓は台湾バナナの猛攻に耐えている。

「台湾ではからすみが安いって聞いた。からすみを買って帰ろう」

からすみサラダやからすみパスタを食卓に並べたいが、高価なので手が出ない。氷川の瞼《まぶた》に眞鍋組メンバーによる台湾爆買いツアーが浮かんだ。

「……うううう」

「鉄観音茶もいいのが買えるね」

氷川が鉄観音茶を話題にした時、卓は死に物狂いで台湾バナナを食べ終えた。

「……あ、あ、あ、姐さん、そんな話に飛ばないでください」

卓の真っ赤な目と震える下肢を見ても、氷川に良心の呵責《かしゃく》はまったくない。台湾バナナ攻撃は正当だ。

「飛んでいない」

「思いっきり飛んでいます」

「社員旅行の行き先は台湾だ」

研修旅行じゃなくて慰安旅行だ、慰安旅行、と氷川は胸を張った。

「社員……眞鍋は会社じゃありません」

「僕はみんなと一緒に台湾に行って、夜市巡りをして、九份《キュウフン》で台湾茶を飲む」

食欲旺盛《おうせい》な眞鍋組構成員たちなら、夜市の食べ歩きは最高のはずだ。氷川は茶芸館という伝統的なお茶屋で質のよい台湾茶を楽しみたい。

「頼みますから飛ばないでください」

「じゃあ、当初の予定通り、指定暴力団・眞鍋組は真言宗《しんごん》・眞鍋寺だ。みんなでいっせいに出家するよ」

眞鍋組を眞鍋寺に。

やはり、すべての問題を解決する唯一の策だ。

「……まだ諦《あきら》めていないんですか」

卓の端整な顔が土色に染まった。

総本部内にこれ以上ないというくらいの緊張感が走る。依然として、眞鍋組総本部の主《あるじ》は石化したままだ。

「諦めるわけないでしょう」

「……あ〜っ、姐さん、どうせまた楊一族は仕掛けてきます。まだまだ汚い罠《わな》が張り巡らされている」

攻撃は最高の防御なり、と卓は固く握った拳《こぶし》を高く上げた。箱根《はこね》の名家の子息らしからぬ熱血ぶりだ。

台湾バナナ攻撃に触発されたのかもしれない。

「汚い罠を穏便に乗り越えよう」

「無理です」

「戦争したら終わりだ。眞鍋にとってプラスにならない」

楊一族と戦ったら無事ではすまない。何せ、警察などの国家機構にまで食い込んでいるではないか。

「すでに戦争は始まっています。楊一族の奇襲を受けたんですよ」

「バズーカ砲まで持ちだして対抗したからこれで終わり」

「ナめられます」

「バズーカ砲まで持ちだしておいて何を言っているの」

氷川が二本目の台湾バナナをお見舞いしようとすると、ショウが宇治と吾郎を連れて戻ってきた。

「報告します。亀戸《かめいど》と上野《うえの》にあった楊一族のアジトを潰しました。殺しちゃいねぇ。逃げ足の速い奴《やつ》らっス」

特攻隊長の報告を聞いた瞬間、清和は正気に戻った。

「よくやった」

「横浜《よこはま》のアジトを潰す前に川崎《かわさき》を潰したほうがいいんじゃねぇんスか？」

「そうだな」

「じゃあ、川崎からやります」

「兵隊を連れていけ」

清和は総本部内に詰めている若手構成員に視線を流した。

けれども、命知らずの切り込み隊長は腕組みをした体勢で不服そうに鼻を鳴らした。

ふっ、と。

「俺を誰だと思っているんスか？」

「三人でいいか？」

「宇治と吾郎がいれば充分っス」

ショウは一礼すると新たな特攻先に向かった。

行かせてはならない。

火に油を注ぐようなものだ。

「ショウくん、駄目ーっ」

氷川はショウの後頭部に向かって、つい先ほど剥いた台湾バナナの皮を投げた。

ボテッ。

ショウの後頭部を台湾バナナの皮が直撃する。

「……姐さん？」

切り込み隊長に台湾バナナの皮のダメージはない。

が、その表情に命知らずの韋駄天《いだてん》の覇気はない。やはり、台湾バナナは皮となっても威力がある。

「楊一族と戦争しちゃ駄目」

「今さら何を言っているんスか」

「楊一族がどれだけ恐ろしい組織か、僕より詳しいはずだよ」

シュッ。

氷川は手つかずの台湾バナナをショウに向かって投げた。

バシッ。

ショウは軽々と台湾バナナをキャッチする。

「だから、態勢を立て直す前に叩き潰す。香港から応援が来る前にカタをつけりゃいい。

長男と次男が揉《も》めているみたいだから楽勝っスよ」

ショウは好戦的な目で言うと、台湾バナナの皮を剝いた。パクッ、とそのまま美味しそうに食べる。

「戦争はさらにひどい戦争を引き起こす」

暴力は何も生みださず、憎しみは憎しみを呼ぶ。負のスパイラルに陥《おちい》り、どちらも崩壊という惨劇を招く。

「やらなきゃやられる」

「危ない。みんなの命に関《かか》わる」

「姐さんは命に代えてもお守りします。安心して……」

ショウの言葉を遮るように、氷川はヒステリックに叫んだ。

「僕は誰の血も流したくないのっ。ショウくんも危険な目に遭わせたくないのーっ」

「俺は平気っス……このバナナ、美味《うま》いっスね」

ショウはモグモグ美味しそうに台湾バナナを平らげると、パイナップルケーキにまで手を伸ばした。

そうして、パイナップルケーキを持ったまま総本部から出る。

いや、氷川は逃がさない。

眞鍋随一の鉄砲玉を放ったら危険だ。もう取り返しがつかない。どんな手を使ってでも、楊一族との抗争は止める。

「……お、お願いだから危ないことはしないで」

氷川は綺麗《きれい》な目をうるり、と潤ませた。

その途端、ショウはパイナップルケーキを持ったままカチンコチンに固まる。宇治や吾郎も石の兵隊と化した。

誰もが氷川の涙に弱い。

「……僕は……僕は怖いの……恐ろしいの……みんなの命も心配なの……僕はみんなと一緒に平和に過ごしたいの」

氷川は役者になったつもりで涙をはらはら流した。もっとも、本心を吐露すれば労せずに涙が溢《あふ》れる。

白い指で涙を拭《ぬぐ》ってから、顰《しか》めっ面《つら》の清和を見上げた。

「……清和くん……」

やはり、なんと言っても、眞鍋組の頂点にいる男を納得させなければ話にならない。清和の一声で戦争は回避できるはずだ。

「…………」

「清和くん、そんな恐ろしい顔をしないで」

氷川は清和の広い胸に飛び込んだ。

「…………」

「僕の可愛《かわい》い清和くんが怖い」

愛しい男の胸は温かいのに冷たい。優しいのに恐ろしい。

「…………」

「僕の清和くんはそんな怖い男じゃない」

清和は氷川の涙に狼狽《ろうばい》しているようだが、微動だにせず、口を真一文字に結んでいる。周りの空気がズシリと重い。

「ほら、そんな怖い顔をしていたらゴリラのゴリぽんみたいだよ」

自分でもわけがわからないが、氷川の視界に大きなゴリラが浮かぶ。顰めっ面の清和と重なった。

「…………」

「ゴリラは本当はとっても優しい動物なのに誤解されているんだ」

誤解されているゴリラが、可愛い清和に繋《つな》がる。氷川の長い睫毛《まつげ》に縁取られた目から、止《と》めどもなく涙が溢れた。

「…………」

「……ほら、バナナだよ」

氷川は清和の胸の中から、台湾バナナに手を伸ばす。ショウが美味しいと言ったから、極上の台湾バナナなのだろう。

「…………」

清和は雄々しい眉《まゆ》を顰《ひそ》め、台湾バナナから視線を逸《そ》らした。

「清和くん、バナナ好きだよね」

おむつでもこもこしていた頃の清和が頭を過《よ》ぎる。ランドセルを背負っていた頃も、バナナは大好物だったはずだ。

「…………」

「バナナチョコやバナナアイスも好きだったよね」

氷川は赤い目で優しく微笑み、台湾バナナの皮を剝いた。

「…………」

「ほら、あ～んして、あ～ん」

食べて、と氷川は清和の口元にバナナを近づける。

なのに。

それなのに。

清和の口は固く閉じられたままだ。

「清和くん、バナナだよ。バナナ。アイスがいいの？」

「…………」

「ほら、バナナを食べようね。バナナは身体にいいんだよ」

清和の口が開かずの扉と化している。愛しい男の目は凍《い》てつく雪の日を連想させるぐらい冷たい。

「どうして食べてくれないの？」

「………」

「ほら、あ～ん、って口を開けて」

あ～ん、と氷川は自分の口を大きく開けた。

しかし、肝心の清和の口は依然として開かずの扉だ。全身全霊をかけ、台湾バナナを拒絶している。

そんなにバナナがいやか。

大人になったから、バナナを卒業したのか。

「清和くん、パイナップルケーキのほうがいいの？」

バナナを拒むならば、パイナップルケーキだ。氷川は清和に向けてパイナップルケーキを突きだした。

「………」

清和の拒絶感は台湾バナナよりパイナップルケーキのほうがひどい。ピリピリピリピリッ、としたものが、パイナップルケーキを持つ氷川の手に伝わってくる。

「……あ、メロンケーキもマンゴーケーキもあるよ」

「…………」

「……清和くん？」

氷川は清和の視線の先に気づいた。

行け、と清和は鋭い目で命令しているのだ。

ショウがこっそり忍び足で総本部から出ていく。

特攻隊長に出撃させてはならない。

「ショウくん、行っちゃ駄目ーっ」

氷川は清和から離れ、ショウめがけて突進した。

ツルッ。

足が滑った。

そう、床に落ちていた台湾バナナの皮で滑った。

バタッ。

氷川は物凄い勢いで頭から転倒した。

あれ？

いったい何？

僕はどうなったの？

氷川の視界が白く霞《かす》む。

頭の中も真っ白になる。

バナナの皮で脳震盪《のうしんとう》？

氷川は薄れゆく意識の中、自分で自分の診断を下した。外傷はないはずだ。精密検査も必要ないだろう、と。

台湾バナナは侮《あなど》れない。

台湾バナナの皮も侮れない。

氷川は心の底から台湾バナナを称《たた》えた。

そうして、意識を手放した。

ほんの一瞬。

ほんの一瞬だ。

すぐに意識は戻る。

だが、目を閉じたまま、卒倒したふりをした。

チャンスかもしれない。

そう思ったからだ。

すなわち、総本部内に珍妙な沈黙が走る。走り続けている。楊一族に殴り込もうとしていたショウも留《とど》まっている。

どこからともなく、パトカーのけたたましいサイレンが聞こえてきた時、ようやく清和が我に返ったようだ。

「……おい？」

清和が心配そうに氷川を覗《のぞ》き込《こ》む。信じられない、といった心情が目を閉じていてもありありと伝わってくる。

どんな手を使っても戦争を止める、と氷川は卒倒したふりを続けた。決して目を開けたりはしない。ただ、耳を澄まし、周囲の声を注意深く聞いた。

「……あ、あ、あ、あ、姐さん？」

「……バナナの皮？　バナナの皮で？」

「姐さんがバナナの皮で」

「核弾頭よりバナナの皮が強いのか？」

「戦争よりバナナの皮のほうが命取り？」

ショウや宇治、吾郎、卓といった若手構成員たちは揃《そろ》いも揃って惚《とぼ》けた声を発した。茫《ぼう》然自失《ぜんじしつ》といったところだ。

「……こ、こんなことならバナナの皮まで食えばよかった」

ショウは悔しそうに叫ぶと、むしゃむしゃと食べ始める。

バナナの皮を食べているの、と氷川は仰天したが、宇治との会話でメロンケーキを咀《そ》嚼《しゃく》しているのだとわかった。

「ショウ、こんな時によく食えるな」

「宇治、こんな時だから食いたいんだ。美味いぜ、この饅頭《まんじゅう》」

お前も食え、とショウは宇治の口にも饅頭と呼んだ台湾名物を押し込んだ。

「それは饅頭じゃなくてメロンケーキだ」

「饅頭もメロンケーキも同じ」

「違うと思うぜ」

「饅頭みたいな味だぜ」

「台湾のケーキだからそれっぽいのか？　陳《ちん》さんお勧めの台湾名物らしいぜ？」

「おい、それより、ギョーザケーキはないのか？」

「おいおいおいおいおい、ギョーザケーキより姐さんだ」

「木村先生を呼べ」

ドンッ、とショウが何かを叩いた。間髪《かんはつ》を容《い》れず、何かが派手に蹴《け》り飛《と》ばされる音も響き渡る。

「さっさと、木村先生を連れてこいーっ」

「姐さんがバナナの皮にやられたーっ」

「バナナの皮に落とし前をつけさせろーっ」

「バナナの皮をどうやって締め上げりゃいいんだーっ」

「バナナは危険だ。総本部にあるバナナを全部、廃棄しろーっ」

「眞鍋のシマにあるバナナをすべて、捨てろ。根絶やしにしろ」

「落ち着け。敵はバナナじゃない。バナナの皮だーっ」

総本部内は大騒動となった。

ショウは楊一族に対する特攻も忘れ、頭を掻《か》き毟《むし》りながら徘徊《はいかい》する。宇治と吾郎はそれぞれパイナップルケーキとメロンケーキを手にうろうろした。

死をも恐れぬ極道が我を忘れて慌てふためいている。

清和は卒倒した氷川を抱き上げようとしたが、リキに低い声で制止された。

「二代目、姐さんは頭を打ったようです。動かさないほうがいい」

そうだよ、さすが、リキくん、こういう時はむやみやたらに動かさないほうがいいよ、と氷川は目を閉じたままリキを褒《ほ》める。

「リキ、どうすればいい？」

「このままにして木村先生を待ちましょう」

ふわっ、とリキは自分が身につけていたスーツの上着を氷川にかけた。

「木村先生でいいのか？　安城《あんじょう》先生じゃないのか？」

「安城先生は産婦人科医です。落ち着いてください」

「……あ」

清和くん、脳震盪を起こした僕に産婦人科医を呼んでどうするの、と氷川は心の中で愛しい男に突っ込んだ。動揺していることは間違いない。

「ショウ、姐さんの意識のない間に川崎と横浜を潰してこい」

リキは何事もなかったかのようにショウに出撃命令を出した。いつでもどこでも冷静沈着な男だ。

「……ま、任せろっス」

駄目だ。

このままショウを殴り込ませては駄目だ。

どんな手を使っても止める。

どんな手を使っても。

氷川の思考回路が猛スピードでフル回転し、瞬時にバナナの皮を最大限に利用することに決めた。もはや躊躇《ためら》っている時間はない。

パチリ、と氷川は目を開けた。

「……姐さん、気づかれましたか？」

リキに声をかけられ、氷川は恐怖に駆られた声を漏らした。

「……ひっ」

氷川の反応に、リキは珍しく男らしい眉を顰める。

「姐さん？」

「……あ、あの？　君は誰？」

氷川は未《いま》だかつてないか細い声を出し、リキを怖々と見つめた。本来、医師として日々を過ごしていれば、リキのような迫力のある大男とは縁がなく、その見た目だけで避けていただろう。

「姐さん、自分は眞鍋組二代目組長と姐さんに命を捧《ささ》げた松本力也《まつもとりきや》です。お忘れですか？」

「眞鍋組？　組長？　それは何？　ヤクザ？」

バナナの皮から記憶喪失。

これが氷川の出した結論だ。

この際、記憶を失ったふりをして、眞鍋組にさらなる大騒動を起こし、戦意を喪失させるしかない。捨て身の策だ。

「姐さん、冗談はそこまでに」

リキの感情は読めないが、氷川は怯《ひる》まずに記憶喪失を演じ続けた。

「僕はどうしてこんなところにいるの？」

氷川は胡乱《うろん》な目できょろきょろ、と周囲を見回した。慎《つつ》ましく真面目《まじめ》に育った医者には、無縁の空間が広がっている。

「……姐さん？」

「その、姐さん、って誰のこと？」

「姐さんは眞鍋組の二代目姐です」

「僕は明和《めいわ》病院の内科医の氷川諒一《りょういち》です」

氷川は毅然《きぜん》とした態度で名乗った。

「眞鍋の二代目組長を忘れたとは言わせません」

「僕にヤクザの知り合いはいない。患者さんにいるかもしれないけど……」

氷川が男にしては繊細な手を振ると、清和が鬼のような形相で覗き込んできた。

「……おい」

泣く子も黙る昇り龍だ。

氷川は大袈裟《おおげさ》に怖がった。

「……ひっ」

氷川が涙目でぶるぶる震えると、リキが清和の肩を叩いて引かせた。ショウや宇治、吾郎は命のない石像のように突っ立っている。総本部に詰めていたほかの構成員たちにしてもカチンコチンの置物だ。

それでいい。

これでいい。

このまま記憶喪失のふりをして楊一族への攻撃をやめさせる。氷川は役者になったつもりで怖がり続けた。

「……卓」

リキが低い声で抜け殻と化していた卓を呼ぶ。

「……は、はい」

卓はリキに何を指示されたのか、明言されなくてもわかったらしい。死地に臨《のぞ》む兵士のような顔で氷川に近づいた。

静かに膝《ひざ》を折る。

そうして、優しい声音で話しかけた。

「氷川諒一先生、俺は卓です。お忘れですか?」

大学生風の卓ならば、怖がってはいけない。氷川はリキが卓を指名した理由に気づき、内科医として対峙《たいじ》した。

「……外来の患者さん……だったかな? 初めてじゃないかな?」

「橘高清和、この名をお忘れですか?」

清和という名前は滅多にないから反応してもいい。氷川を施設から引き取った養父もその珍しい名前は覚えていた。

PAIO

「……清和くん？　相川《あいかわ》清和くんのこと？　清和くんを知っている？」

「はい、よく存じ上げています」

「清和くんは僕の実家の近所に住んでいた幼馴染《おさななじ》みなんだ。眉間《みけん》に傷のある大男に連れ去られて、どこに行ったかわからない」

どこにいるか知っていたら教えて、と氷川は卓の手を摑んだ。

大学受験を迎えた冬、小さな清和が橘高に連れていかれた。志望大学の医学部に入学し、卒業し、念願の医師になっても、小さな清和の行方は杳《よう》として知れず、心のよりどころだった小さな清和の行方を気にかけていた。

ヤクザになっているなど、夢想だにしていなかったのだ。

「氷川先生、彼が清和くん、その人です」

卓は躊躇《ためら》いがちに黒いスーツに身を包んだ清和を示した。

氷川はゆっくり清和を見上げる。

目つきが鋭い長身の男だ。身に纏う迫力も尋常ではない。テレビドラマなどで観《み》るヤクザが子供に見える。

再会した日のことを思いだした。

清和は屈強な男たちを従え、氷川の勤務先である明和病院に乗り込んできたのだ。舎弟が医師の誤診で亡くなった、と。

怖かった。

見た瞬間、恐怖で震え上がった。

あの時の自分を再現すればいい。

「……ひっ……」

怖い、と氷川は身体《からだ》を竦《すく》ませた。

「………」

嘘《うそ》だろう、俺がわからないのか、と清和はひどく混乱しているが、口にも態度にも出さなかった。

氷川は清和の心情を読み取る。

チクリ、と胸が痛んだが背に腹は代えられない。楊一族との戦争を回避するためならば、どんな手でも使う。

「氷川先生、清和くんです。大きくなったんですよ」

卓が切々とした声音で説明したが、氷川は力なく首を振った。

「……違う。清和くんはこんなに怖そうな……清和くんはとても可愛い子だった。優しくて純真で……」

氷川の反応に思うところがあったのか、卓は質問をガラリと変えた。

「氷川先生、失礼ですがおいくつですか？」

「二十九です」

氷川は清和と再会した年齢を答えた。あれからめまぐるしい出来事が立て続けに起こり、長い年月が過ぎたような気がしたものの、まだ一年も経《た》っていないのだ。去年の今頃、氷川は仕事に明け暮れていた。日々、職場と自宅の往復だ。それ以外は何もなかった。

「どちらにお住まいですか？」

氷川は自分で借りていた部屋を口にした。寝るだけの部屋だ。

「ご結婚されていますか？」

施設育ちの氷川は温かい家庭に憧《あこが》れていたが、女性に興味を持つことができなかった。今まで一度も女性と交際した経験はない。

「独身です」

「結婚のご予定はありますか？」

氷川が断ったにも拘《かかわ》らず、養父に見合い話を進められて困った。見合い相手が氷川との結婚を望んだ理由を教えてくれたのは、ほかでもない清和だ。

「ありません」

「恋人はいらっしゃるのでしょう？」

「いません」

氷川は一呼吸置いてから、怖々と卓に尋ねた。

「……それで、ここはいったいどこですか？　僕はどうしてこんなところにいるのですか？　どうしてここにはヤクザみたいな人がいるのですか？」

氷川は怯えた顔で清和やリキ、宇治を眺めた。改めて見回せば、迫力満点の頑強な男たちばかりだ。

それまでこういったタイプの男は氷川の周りにはいなかった。

「ここは指定暴力団・眞鍋組の総本部だからです」

卓が悲痛な面持ちで言った途端、氷川は腰を抜かさんばかりに驚いた。……ふりをした。

「……ええ？」

「清和くんは眞鍋組の二代目組長です」

「……まさか、そんなはずはない。あの可愛い清和くんがヤクザなんかになっているはずがない」

氷川は思いの丈を込めて力んだ。

あの日、勤務先に乗り込んできた長身のヤクザが清和だと気づいた。声をかけたが、否定されてしまった。

まさか、あの可愛い清和がヤクザになっているはずがない。けれど、清和は実母に構ってもらえなかった哀れな子供だ。実母のヒモのような男たちには虐待され続け、心身ともに傷ついている。ヤクザという道を選んでも仕方がないのかもしれない。

氷川は信じたくない気持ちでいっぱいだった。

悩んだ挙げ句、清和を追いかけて眞鍋組総本部に乗り込んだ。

「氷川先生は眞鍋組の二代目組長の姐さんです」

証拠とばかりに卓はスマートフォンの画面を見せる。清和と氷川が肩を並べ、眞鍋組のシマを歩いている姿だ。

「……嘘ばかりつかないでほしい」

「氷川先生は二代目姐として組長と一緒に眞鍋第三ビルで暮らしています。健康的な手料理を組長のために作っています」

清和に愛される前、そんな日々を送るようになるとは、夢想だにしなかった。予想外以上の予想外だ。

「……信じられない」

「二代目組長……清和くんを見て何も思いませんか？」

あんなに愛した男ですよ、と卓の真摯《しんし》な目は訴えかけてくる。示した先には氷川がおむつを替えた清和とは似ても似つかない美丈夫《びじょうぶ》がいた。

「……怖い」

「記憶喪失？　一部の記憶だけ抜け落ちたんでしょうか？」

卓くん、そうだよ、一時期だけの記憶が抜け落ちた記憶喪失だ、と氷川は心の中で卓に答えた。

もっとも、驚いたように瞬《まばた》きを繰り返す。

「……僕が記憶喪失？」

「はい、ここにいる男たちは全員、氷川先生に命を捧げています」

「そんなこといきなり言われても」

「氷川先生、清和くんが若い美人と浮気してもいいですか？」

そう来たか、その手には乗らない、と氷川は焚《た》きつけられそうになった嫉妬心《しっとしん》を即座に沈静化した。

「清和くんには優しい女の子と幸せになってほしい」

清和と再会する前、そう願っていた。

まさか、十歳年下の幼馴染みに押し倒されるとは、夢にも思っていなかった。今となっては清和が据《す》え膳《ぜん》を食べることも許せないというのに。

「清和くんが浮気してもいいんですね？　清和くんはとってもモテるんですよ？　それも覚えていませんか？」

ここで嫉妬心を爆発させたら終わりだ。氷川はかつての自分を思いだして演じた。自分は清和を実の弟のように可愛がっている諒兄ちゃんだ、と。

「清和くんには誰よりも幸せになってほしい」

「清和くんを幸せにするのは氷川先生です」

清和の隣で笑っていることが姐さんの役目、と卓は悲愴《ひそう》な哀愁を漂わせる。

「清和くんが幸せになるのなら僕はいくらでも協力する……けど、ヤクザっていうのはいったい何？　嘘でしょう？　違うな？　清和くんはヤクザなんかになっていないよな？　怖いことはしないな？」

氷川は頭を抱え、苦しんでみせる。

「氷川先生、痛むんですか？」

「……僕……僕……」

苦しむ氷川で石化が解けたのか、清和は地を這《は》うような低い声でリキに言い放った。

「木村先生はまだか？」

「桐嶋組長のオペがまだ終わらないそうです」

桐嶋でなければ、木村の元に運ばれる前に彼岸の彼方《かなた》に旅立っていたかもしれない。それほど、危険な状態だった。

「まだか」

「木村先生は桐嶋組長の心臓が動いていることを不思議がっていたそうです」

桐嶋さんを助けて、と氷川は心の中で祈った。プリンスと称された天才外科医の腕を信じるしかない。

「安城先生を呼べ」

清和が無表情で言うと、リキは淡々とした調子で返した。

「二代目、安城先生は産婦人科医です。これを言うのは二度目です」

「高橋《たかはし》先生を呼べ」

「高橋先生は小児科医です。姐さんは成人しています」

「……っ」

清和の表情は普段と変わらないが、明らかに動揺しまくっている。ポンッ、とリキが宥《なだ》めるように不夜城の覇者の肩を叩いた。

「まず、落ち着く」

「なんとかしろ」

何をなんとかするのか。

清和がわざわざ口にしなくても通じる。

「何分にもこういったことは初めてです」

リキは横目で氷川を眺めつつ、修行僧の如《ごと》き雰囲気で言った。どうも、無敵の眞鍋の虎《とら》も氷川の記憶喪失に戸惑っているらしい。

「俺もだ」

「木村先生の到着を待つのが賢明です」

「いつだ？」

「明言は避けます」

「サメはどこで何をしている？」

清和は諜報部隊《ちょうほうぶたい》を率いる神出鬼没の男の名を口にした。鋭い目がますます鋭くなり、身に纏う空気もさらに尖《とが》った。

「連絡は入れました」

応答なし、とリキの鉄仮面が如実《にょじつ》に語っている。今現在、サメがどれだけ多忙を極めているか、想像に難《かた》くない。

「連れ戻せ」

「サメを連れ戻しても姐さんの記憶が戻るわけではありません」

リキが至極当然のことを言うと、清和は忌々《いまいま》しそうに壁を叩いた。ドンッ、と。

「どうすればいい？」

「専門家に聞くしかないでしょう」

「木村先生は専門家か？」

「専門家ではありませんが、知識は持っているはず」

前代未聞の出来事に、眞鍋の昇り龍と虎が右往左往している。実際にうろうろ狼狽《うろた》えているわけではないが、氷川の目にはそう映った。

うん、慌ててね、ずっと慌てて、戸惑って、僕の記憶喪失に意識を集中させて楊一族のことを忘れて、と氷川は心の中で呟《つぶや》く。

「戦争どころじゃないいな」

清和は忌々しそうに息を吐いた。

「はい」

「楊一族から目は離すな」

「マークは続けさせます」

「香港の情報屋に金を積め」

「承知」

やった、それでいい、そのまま楊一族との抗争は忘れて。清和くんは何より僕が大事なんだよね、と氷川は心の中でほくそえんだ。

「氷川先生、苦しいですか？」

卓に泣きそうな顔をされ、氷川は自分の演技に自信を持った。

「……頭が痛い……けど、大丈夫……」

ズイッ、となんの前触れもなく、氷川の前に台湾バナナが差しだされた。真摯な目のショウがいる。

「姐さん、バナナを食ったら思いだすかもしれねぇ。食ってくれっス」

意表を突かれ、氷川の目が点になる。

もっとも、すぐに正気に戻った。

「……は？　姐さんって誰のこと？　バナナ？」

いったいショウくんどうしたの、と氷川は心の中だけでショウに尋ねる。

「バナナっス」

「……あの」

「いや、もう一度、バナナの皮で滑ってくれっス。それで頭を打ったら思いだすかもしれねぇ」

ショウはショウなりに必死になって考えたようだ。単細胞アメーバらしいといえばらしいが。

「……その……」

「もう一度、痛い思いをしてくれっス」

ショウの切羽詰まった迫力を目の当《ま》たりにして、氷川の腰は自然に引けた。一歩、二歩、後ずさる。

「……あ、あ、あの」

ショウは台湾バナナを突きだしたまま、氷川に詰め寄る。間隔は伸びない。

「姐さん、芸人になったつもりで」

今までの人生の中、氷川は芸人を目指したことは一度もない。この先、目指すこともないだろう。

「……僕は医者。それに姐さんってなんですか」

「姐さん、バナナの皮でリピートっス。俺も相方として一緒にバナナの皮で滑るっス」

ショウは氷川と一緒にバナナの皮で滑る気満々だ。隣にいる宇治や吾郎、ほかの若手構成員たちも同じ気持ちらしい。

「俺も滑ります」

すっ、と吾郎は手を上げた。

「俺も」

「俺もやります」

「姐さんのため、芸人以上に滑って転びます」

総本部に詰めている男たち全員、バナナの皮で滑って転ぶ気だ。冗談ではない。摩訶不《まかふ》思議《しぎ》の冠《かぶ》を被る信司《しんじ》はいないのにどうなっているんだ。

それでどうにかなると思っているのか。

本気でそう思っているのか。

彼らの頭の中はどうなっているのか。

そんな考えで熾烈《しれつ》な香港マフィアとの戦いに挑もうとしているのか。

氷川は自分のことを思い切り棚に上げ、眞鍋組の将来を慮《おもんぱか》った。いくら動揺しているとはいえ、あまりにもひどすぎる。

「……あのね」

氷川がどんな反応をすればいいか困惑していると、卓のスマートフォンに着信があった。どうやら、桐嶋組総本部にいる祐かららしい。

「……はい……え……あ……そ、それは……バナナです……台湾の……あ、はい……あ……あ……いくらなんでもそれは後々やっかいなことに……はい……俺ですか？　……俺が？　……はい……………………わかりました……」

小声で話しているが、瞬く間に卓の顔から血の気が引いていく。話し終えた後は死霊のはらわたへと変化を遂げた。

ショウや宇治、吾郎といった若手構成員たちも『魔女』というだけで死霊のはらわただ。すでに死霊ですらない。

「……あ、二代目、祐さんから連絡がありました」

卓の声は耳を澄まさないと聞き取れないくらい小さい。スマートフォンを持つ手が震えている。

伝染したのか、清和の顔色も悪くなった。

「祐？」

「姐さんの前でほかの女を抱いてみろ、と……ショック療法だと……」

祐は氷川の嫉妬心を煽《あお》る方向で考えているようだ。眞鍋組で最も汚いシナリオを書く策士だけあってえげつない。

「…………」

「抱く女は二代目姐候補の涼子《りょうこ》さんが最適だと……俺に涼子さんと連絡を取るように指示されましたが……涼子さんなら快諾してくれると思いますが……橘高のオヤジの兄貴分の娘さんですし……」

どうしますか、と卓は無間地獄に突き落とされた死霊の風体《ふうてい》で続けた。今までさんざん嫉妬深い氷川に振り回されてきたからだろう。

「やめろ」

清和は迷わず拒む。

氷川はほっと胸を撫《な》で下《お》ろしたが、これで終わったわけではない。

「二代目、姐さんを抱き潰すつもりで抱いてみろ、という指示もありました」

卓の口から伝えられた魔女の指示に、清和は切れ長の目を細めた。

祐くん、なんてひどい、と氷川は心の中では動揺したものの、一言も零さないし、動いたりもしない。

「二代目、有効かもしれません」

リキも淡々とした様子で賛同し、ショウは氷川に差しだした台湾バナナを引っ込める。

「……あ、その手があったか。ヤれば姐さんも思いだすかもしれねぇ」

ショウは鼻息荒く言ってから、台湾バナナを自分で食べた。皮は隣にいた宇治に押しつける。

「バナナの皮、こいつが悪い」

宇治はその皮を吾郎に回した。

「魔女にバナナの皮を犯人として突きだすしかない」

吾郎は台湾バナナの皮を睨《にら》み据《す》え、懐紙《かいし》に包むと、奥の部屋に進んだ。魔女こと祐に差しだすつもりか。

氷川と清和は台湾バナナの皮の行方を追わない。

清和の視線が氷川に注がれる。

ふたりの視線が交差する。

怖い、と氷川は怯えたふりをした。

ぶるぶるっ。

それらしく身体を震わせる。真面目に生きてきた一般人にとってヤクザは恐怖以外の何者でもない。

清和の手が伸びてきた。

「……や」

氷川は恐怖に駆られた顔で後ずさる。

未だかつてない怒気が込められているから、恐ろしいのは事実だ。周りの空気も半端ではない。

「来い」

清和に凄《すさ》まじい力で抱き寄せられ、氷川は抱き上げられてしまう。

「……あ」

「暴れるな」

問答無用の所業に、氷川はまったく抵抗できない。清和の逞《たくま》しい腕に抱かれたまま、眞鍋組総本部を後にした。

3

ふたりで暮らしている眞鍋《まなべ》第三ビルのプライベートフロアまで、どれくらいかかったのだろう。さしたる距離ではない。

だが、長く感じられた。今までで一番、気まずい時間だった。もっと言えば、気まずいなんてものではなかった。いたたまれなかった。

それでも、氷川《ひかわ》は真実を明かすことはできない。

清和《せいわ》は終始無言のまま、ベッドルームに入る。

ドサッ。

氷川はキングサイズのベッドに下ろされた。

「……あの」

氷川はベッドの前に立つ清和を見上げる。

血も涙もないヤクザがいた。

白鞘《しらさや》の長ドスを持っている。

……いや、持っているかのような雰囲気だ。

「……う」

怖い。

清和くんじゃない。

誰？

清和くんだけど清和くんじゃない。

演技ではなく、氷川は本当に清和に恐怖を覚えた。氷川がよく知る愛《いと》しい男ではない。

悪鬼そのものだ。

「俺が誰か本当にわからないのか？」

尊大な男に真上から見下ろされ、氷川は掠《かす》れた声で詫《わ》びた。

「……ごめんなさい」

「思いだせ」

清和に息ができないくらい強く抱き締められ、氷川は魂のない人形のように固まった。

指一本、動かすことができない。

息苦しい。

「……っ」

息ができない。

「思いだしてくれ」

不夜城の覇者とは思えない掠れた声。

傲岸不遜《ごうがんふそん》なヤクザらしさが薄れ、氷川がよく知る可愛《かわい》い男の片鱗《へんりん》を見た。清和自身、大パニック中だ。

「ごめんなさい。僕にヤクザの知り合いはいない」

これを機にヤクザから足を洗ってくれないかな、と氷川の脳裏に切なる願望が過《よ》ぎる。

「ヤクザが怖いか？」

「はい」

「お前は俺の女房だ」

思いだせ、思いだしてくれ、と清和の鋭い双眸《そうぼう》が雄弁に語っている。心なしか、ベッドルームの温度が下がった。

「男同士です」

「関係ない」

「男のお嫁さんなんてありえない。そうでしょう」

修羅《しゅら》の世界で男の姐《あね》など、前代未聞の珍事なんてものではない。氷川を気に入ったのならば、愛人として囲えばいいのだ。それなのに、氷川は二代目姐として遇された。清和の情熱的でいて一途《いちず》な愛だと、氷川はちゃんと理解している。

「どうしたら思いだす？」

清和はどちらかといえば無口だが、今日は珍しくよく喋《しゃべ》る。

「僕も何がなんだかわかりません」

「思いだせ」

「……清和くん……僕の膝《ひざ》で歌を歌ってくれた清和くんなの？　僕の顔を見たら嬉《うれ》しそうによちよち走ってきてくれた清和くんなの？」

「思いだせっ」

乱暴な手つきで襟首を広げられ、氷川は派手に身体《からだ》を竦《すく》めた。スーツの上着もシャツも物凄《ものすご》い勢いで剝《は》ぎ取《と》られる。

ビリッ。

あまりにも荒っぽいので、シャツが破れ、ボタンがいくつも取れた。

「……ちょ、ちょっと……」

ビリビリのシャツがベッドの下に投げ落とされるのと同時に、氷川のズボンのベルトが外される。

「暴れるな」

カチャカチャカチャッ。

いつになく、ベルトを外す音が大きい。

「……な、何をするの？」

ベッドに押し倒され、衣類を脱がされる目的は明らかだ。それでも、氷川は確かめずにはいられない。

「いつもやっていることだ」

いつも。

いつも、と清和は口にしたが、いつものように十歳年上の姉さん女房の尻《しり》に敷かれている亭主ではない。

「……や、やめて」

「お前は俺の女だ」

逆らうな、と清和は凄絶《せいぜつ》な怒気を漲《みなぎ》らせた。

「……や……こ、怖い……」

怖い。

演技ではなく本当に怖い。

愛しい男が血の通っていない悪鬼に見える。

「黙れ」

ビリビリビリリッ。

ズボンと下着が破れる。

「……や、やめて……お願い……」

剝《む》きだしの下肢に突き刺さる悪鬼の視線が痛い。

……愛しい男の目が痛い。

「お前が思いだせばすむ」

靴下を脱がせる手も荒々しいことこのうえない。氷川を命のない人形か何かのように、シーツの波間に押しつける。

「……そのうち……そのうち思いだす……と思うから……」

清和の手によってあっという間に、氷川は生まれた時の姿になった。真っ白な肌を覆うものは何もない。

「今すぐ」

清和の言葉も指も性急だ。

いきなり、清和の長い指が氷川の際《きわ》どいところに触れた。

ピリピリピリピリッ。

氷川の敏感な身体が反応する。

心は悪鬼のような清和を恐れているというのに。

「……や、そんなところ、触らないでっ」

氷川は渾身《こんしん》の力を振り絞り、清和の長い指を拒もうとした。

「お前の身体は俺のものだ」

「……や……それは……」

僕の命も身体も清和くんのものだ。

けれども、今は……。

氷川はうるうるに潤んだ目で獰猛《どうもう》な肉食動物を拒否する。

「お前は抱かせてくれた」

カリッ、と胸の突起を噛《か》まれ、氷川は上ずった声を上げた。

「……やっ……だ、駄目っ」

乳首が切れた。

切れたかと思うぐらい痛かった。

痛いだけではないから困った。

「抱いていい、といつも自分から誘ってきた」

清和が乳首を含みながら言った通り、性行為は氷川が許可しないと始まらなかった。社会のクズと罵《ののし》られるヤクザは意外なくらい紳士だったのだ。圧倒的に身体的な負担が大きい氷川を案じ、自分から性行為を求めることはなかった。

だからこそ、祐《たすく》にどう焚《た》きつけられても、氷川が許さない限り、清和は求めてこないと考えていた。

タカをくくっていたのかもしれない。

「……そ、そんなことは……ない……」

「思いだせ」

清和の舌と長い指で左右の胸の突起を執拗《しつよう》にいじられ、氷川の身体も精神も痺《しび》れた。首や耳も赤い。

「……っ……覚えていない」

氷川は渾身の力を振り絞って、胸にいる清和の頭部を退けようとした。むんずっ、と摑《つか》んで引き剝がす。

剝がしたかったけれど剝がれない。氷川の細腕の抵抗など、獰猛な肉食動物にはそよ風に等しいようだ。

「俺を煽《あお》った」

「……絶対に違う……と思う……きっと……」

氷川が真っ赤な顔で否定するや否や、清和の手によって左右の足を大きく開かされる。ガバッ、と。

「お前の身体は覚えている」

局所が丸見えの大股開《おおまたびら》きだ。氷川は自分のあられもない姿と清和の視線に、おかしくなりそうだ。

「い、いやーっ」

「思いだせ」

グイッ。

大きく開かされていた左右の足が胸につくぐらい折り曲げられる。必然的に秘部がせりだしてしまう体勢だ。

ペロリ。

生暖かいものを秘部に感じ、氷川は羞恥心《しゅうちしん》でいっぱいになった。

「……そ、そんなところを舐《な》めちゃ駄目ーっ」

「もっと違うことを言え」

ペロペロペロペロペロペロ。

わざと音を立てるように舐めているのだろう。氷川は死に物狂いで清和の舌から逃れようとした。

が、清和の手にがっちりと固定されている。

「……やっ……いやっ……」

「いつもお前の身体は悦《よろこ》んだ」

秘穴に向かって喋りかけられ、氷川の思考回路はショート寸前だ。

「……嘘《うそ》つきーっ」

「今もお前の身体は悦んでいる」

「大嘘つきーっ」

氷川の秘部は男の濃厚な愛撫《あいぶ》に歓喜したように、ヒクヒクと開閉を繰り返している。氷川自身、気づいている。

けれど、認められない。認めたくない。

「身体は俺を覚えているんだ」

「……やっやっ……やーっ」

清和くん、やめてーっ、と氷川は喉《のど》まで出かかったがすんでのところで留《とど》まった。おそらく、愛しい男が引きだそうとしている言葉だ。

「思いだせ」

「……せ、清和くんなら……本当にあの可愛い清和くんならこんないやらしいことはしないーっ」

「大人になった」

「清和くんはおむつをしていた」

「出会った頃のことだ」

それは頼むから忘れてくれ、と清和はくぐもった声で続けた。

「清和くんはランドセルを背負っていた……可愛かった……ランドセルが歩いていた……あんなに可愛い子がこんないやらしいことをしないーっ」

ランドセルが歩いていると思ったら、ランドセルを背負った清和だった。傘が歩いていると思ったら清和だった。氷川の心のアルバムはあどけない清和で埋められている。決して、破廉恥なことをする男ではない。

「成人した」

「清和くんなら大きくなっても絶対に可愛い、純情な子になっている。……こ、こんなことはできない」

あの純な清和くんならせいぜいキスまでだ。どこでどう間違ってこうなってしまったのだろう。

氷川の魂が過去に飛ぶ。

「男だ」

「純粋な清和くんならできないーっ」

氷川は身体に走る快感に耐えつつ、清和を罵り続けた。

「いい加減、思いだせ」

「いい加減、やめてっ」

理性をすべて飛ばし、記憶喪失の演技を忘れたら一巻の終わりだ。

氷川にとって拷問《ごうもん》にも似た時間が続いた。

何度、清和に激しく突き上げられたかわからない。何度、清和の分身によって頂点を迎えさせられたかわからない。

何度も何度も泣き叫んだ。

「……も、もう」

「思いだせ」

清和の要求はただひとつ。

「……もう無理」

「思いだすまで放さない」

氷川のしなやかな身体は清和の思うがままに扱われた。すでに身体の中は清和が放ったものでびしょびしょだ。

卑猥《ひわい》な交接音が局部から響く。

氷川は耳を閉じたいが、耳を閉じることができない。

「……僕を……僕を殺す気？」

「思いだすまで」

「人殺しーっ」

脳天から足の爪先《つまさき》まで痺れているせいか、氷川はひどい言葉を口走っていた。愛してやまない男相手に。

しかし、清和はまったく怯《ひる》まない。

「俺はヤクザだ」

「……もう、無理ーっ」

「腰を振れ」

「……やーっ」

氷川は今までこんな抱かれ方をした覚えがない。

辛《つら》いばかり。

……いや、辛いばかりではないから焦る。肉壁は清和の肉塊を放すまいと締めつけている。愛しい男に染め変えられてしまった身体だ。

理性を飛ばしたら何を口走るかわからない。

清和くん、と。

僕の清和くん、もう許して、と。

甘く苦しい拷問の長さに、氷川は自分がとった抗争中止の手段を後悔した。まさか、こんな目に遭うとは思わなかったから。

ううん、どんなにいやらしいことをされても抗争よりマシ。

すぐに氷川は思い直し、不夜城の覇者の激情に耐えた。

清和くんがこんなにいやらしかったなんて。

精神は堪え忍んだが、華奢《きゃしゃ》な身体が悲鳴を上げる。

四度目か、五度目か、六度目か、何度目かわからないが、体内を清和の精でびしょ濡《ぬ》れにされた時、とうとう氷川は意識を手放した。

「……おい」

清和は失神した氷川の身体を揺さぶる。

けれども、氷川の目は閉じられたままだ。

「思いだしてくれ」

何度も繰り返された言葉をポツリ。

清和の沈痛な面持ちを、氷川は知る由《よし》もない。

4

翌日、氷川《ひかわ》が目を覚ますと、隣に極彩色の昇《のぼ》り龍《りゅう》を背負った男がいた。思わず、氷川は身体《からだ》を竦《すく》ませる。

下半身だけでなく全身が怠《だる》い。

ベッドから下りたいが、下りることができない。

清和《せいわ》くん、あんないやらしいことばかりするから、と氷川は掛け布団を摑《つか》みながら、隣で寝ている清和を睨《にら》み据《す》えた。

「思いだしたか？」

清和に食い入るような目で覗《のぞ》き込《こ》まれる。

「……ひどい」

氷川が文句という矢を放っても、清和はまったく動じなかった。

「俺が誰かわかるか？」

「ヤクザ」

ひどい男、僕の清和くんじゃない、と氷川は心の中で非難した。

「思いだしたんじゃないのか？」

「僕にヤクザの知り合いはいない」

「思いだすまで抱く」

グイッ、と清和の猛々《たけだけ》しい腕に抱き寄せられ、氷川は焦燥感に駆られた。これ以上、抱かれたらどうなるかわからない。

「強姦罪《ごうかんざい》に殺人罪が加わる」

ペシッ。

氷川は決死の覚悟で清和の削《そ》げた頬《ほお》を平手打ちした。

「強姦罪？」

「あれ？　男同士だと強姦罪は成立しなかった？」

「自分の女房を抱いてどこが悪い」

僕の知る清和くんのセリフじゃない、と氷川は愛《いと》しい男の知らなかった一面に驚いた。それだけ必死だということもわかっているが。

「僕はヤクザの女房じゃない」

「思いだせ」

「僕、ヤクザは嫌いだ」

知っている、と清和は鋭い視線だけで答える。

「ヤクザは怖い」

それも知っている、と清和は鋭い視線だけで答える。

「君、ヤクザが好きなの？」

実父も義父も極道だが、清和は真面目《まじめ》な優等生で進学校に通っていたという。義母は極道になることに反対したそうだ。

「………」

「ヤクザになっていいことがあったの？」

「お前を俺のものにできた」

あまりの清和の言い草に、氷川は啞然《あぜん》としてしまう。

清和くんがヤクザじゃなかったらどうなっていただろう、たぶんああいった形では再会しなかった、会えたのはもっと後だったかもしれない、最悪、会えなかったかもしれない。そこまで考え、氷川は我に返った。何しろ、記憶喪失の真っ最中だ。

「君、僕のことがそんなに好きなの？」

氷川が感情を込めずに尋ねると、清和は苦虫を嚙《か》み潰《つぶ》したような顔で口を噤《つぐ》んだ。照れている、こんな時でも照れて言えないんだ、と氷川は口下手《くちべた》な照れ屋に呆《あき》れを通り越して感心してしまう。昨夜の会話量が異常だ。

「僕のことがそんなに好きならヤクザをやめてくれないかな？　やめて。

綺麗《きれい》さっぱりやめて。

「…………」

「ヤクザって抗争とかあるんでしょう。抗争は恐ろしい」

「…………」

「君は抗争が好きなの？」

違うよね、と氷川は心の中で宥《なだ》めるように語りかけた。

「……黙れ」

「君も抗争は嫌いだね？」

「黙れと言ったのが聞こえないのか」

「君、僕のことが好きならもう少し優しくしたら」

氷川が呆れ顔で言うと、清和は雄々しい眉《まゆ》を顰《ひそ》めた。

「…………」

「身体がドロドロして気持ち悪い。シャワーを貸してほしい」

「思いだすまで抱く……」

清和の言葉を遮るように、氷川はそのシャープな頬を抓《つね》った。

ぎゅっ、と。

「僕はこんなところで死にたくない」

氷川が真っ赤な目で睨むと、清和は渋々といった風情で折れた。ようやく、腕の中から解放してくれる。

「お風呂《ふろ》はどこ？」

氷川は渾身《こんしん》の力を振り絞ってベッドから下りた。

が、腰に力が入らず、その場に尻餅《しりもち》をついてしまう。

「……う……もう……」

ドロリ、としたものが動いた拍子に秘部から流れだす。その生々しさに氷川は首まで赤くした。

「大丈夫か？」

「大丈夫じゃない。よくもこんなに……こんなに……あんなこと……あんないやらしいこと……仕事に行かなきゃ駄目なのに……」

「仕事？」

「僕は患者の命を預かる医者だ」

「今日は休みのはずだ」

そういえば、今日は久しぶりに何もない日だ、明日も休める、と氷川は自分のスケジュールを思いだす。気がかりな入院患者もいなかった。

「……そうだっけ？」

「ああ」

氷川は清和の手を借りて、バスルームに向かった。一緒にバスルームに入ることは断固として拒む。

氷川は必死になって昨夜の情交の跡を洗い流した。


バスルームから出ると、バスタオルと着替えが用意されていた。氷川は身なりを整え、人の気配がするリビングルームに向かう。

ソファに座っていたのは、清和ではなく祐《たすく》だった。

あ、危ない。

長江《ながえ》組に狙《ねら》われている桐嶋《きりしま》組の街から離れて、わざわざ僕のところに来た。瞬時に氷川の脳裏に赤信号が点滅する。魔女を騙《だま》せるだろうか、と不安に駆られるが、演じ続けるしかない。

「姐《あね》さん、おはようございます」

祐はソファから立ち上がると、礼儀正しくお辞儀をする。一見、普段となんら変わらない秀麗な美男子だ。

「どちら様？」

氷川が首を傾《かし》げると、祐は毅然《きぜん》とした態度で宣言した。

「姐さんに命を捧《ささ》げている男です」

「……わからない」

氷川が苦しそうに額に手を当てると、祐は悲愴感《ひそうかん》を漂わせながら溜《た》め息《いき》をついた。

「俺のこともお忘れですか？」

「申し訳ないけれど、君の記憶はない」

「成長した清和くんも思いだせませんか？」

祐に探るような目で問われ、氷川は明確な口調で断言した。

「彼は清和くんじゃない」

氷川の心には膝《ひざ》でアイスを食べる少年が棲《す》みついている。

「なぜ？」

「清和くんならあんないやらし……あんなことはしない」

知《し》らず識《し》らずのうちに、昨夜の鬱憤《うっぷん》が氷川の口から飛びだしていた。思いだすだけで顔から火が噴く。

「していましたよ」

「していない」

「姐さんがあまりにもせがむから、成長した清和くんは応《こた》えるのに大変だったそうです」

祐にしたり顔で言われ、氷川は白皙《はくせき》の美貌《びぼう》を引き攣《つ》らせた。

「絶対に嘘《うそ》だ」

「嘘ではありません。姐さんが二代目の精力を搾り取っていました」

「デタラメはやめて」

氷川は一呼吸置いてから、きつい目で言い放った。

「姐さん、って僕を呼ぶのはやめてほしい。僕はヤクザのお嫁さんじゃない」

トントントントン、と氷川は嫌みっぽくテーブルを叩《たた》いた。

「離婚されますか？」

祐はなんでもないことのようにサラリと言った。

離婚。

つまり、清和と別れるということだ。

その手には引っかからないよ、と氷川は心のハチマキを締め直す。そもそも、まだ結婚式は挙げていない。

「結婚した覚えはない」

「……ならば、二代目に姐さんを迎えてもよろしいか？」

祐の穏やかな笑顔が白々しい。

「どうぞ」

　氷川は冷静さを旨として答えた。

「新しい姐さんには橘高《きったか》顧問の兄貴分の娘さんを考えています。眞鍋《まなべ》組には願ってもない縁談です」

　涼子《りょうこ》さんだ、涼子さんはまだ清和くんを諦《あきら》めていないのか、と氷川の瞼《まぶた》に二代目姐の座を狙う美女が浮かぶ。

「僕には関係ありません」

「第二候補は香港《ホンコン》マフィアの楊《よう》一族のエリザベスです」

　祐から想定外の名を聞き、氷川は腰を浮かせかけた。

「エリザベス？」

　男だ。氷川だけでなくショウや宇治《うじ》、吾郎《ごろう》もこぞって騙されたが、エリザベスは男だ。エリザベスは楊貴妃《ようきひ》と称《たた》えられる美女だが、亡《な》くなった楊一族の頭目の五男坊であり、本当の名はエドワードだ。

　清和に男と縁組みさせるのか。

　それはないでしょう、と氷川は喉《のど》まで出かかったが、すんでのところで引っ込めた。祐の引っかけかもしれない。

「エリザベス相手では二世が望めませんが、眞鍋組の香港進出への足がかりになります」

高野山《こうやさん》でエリザベスは清和を誘惑しようとした。清和が拒んでもしつこく迫った。あの時、エリザベスは眞鍋組にとって美味《おい》しい餌《えさ》をちらつかせたものだ。香港にマカオにロシア、眞鍋組も美味《うま》い汁が吸える、と。

メリットとデメリットを秤《はかり》にかけるビジネスマンは、エリザベスと清和の縁談の価値を把握している。

「そうなんですか……僕にはよくわかりませんが……」

氷川は理性を振り絞り、感情を抑え込んだ。患者に病名を隠すために培った演技力を発揮する。

「実は今、我々は楊一族と揉《も》めています。揉め事を鎮めるための最善策は結婚だと思いませんか」

祐は楊一族との抗争に一言も反対しなかった。けれども、今、祐は楊一族との手打ちを画策しているのだろうか。

確かに、亡くなった頭目の五男坊と清和の縁談がまとまれば、どんな諍《いさか》いも鎮まりそうだ。それどころか、新しい利益も出るし、日本進出を企《たくら》むイジオットへの牽制《けんせい》にもなる。高野山で藤堂《とうどう》が提示した条件は、眞鍋組が楊一族と共闘しないことだった。しかし、今や情勢が違う。

「僕に聞かれてもわからない」

「姐さんにお聞きするのが一番手っ取り早いと思いましたが」

祐はにっこり微笑《ほほえ》むと、奥の部屋に向かって言った。

「二代目、聞いていましたね。そういうことです。新しい姐さんをお迎えすることになりました」

祐の言葉が終わるや否や、奥の部屋から極悪非道の凶悪犯が乗り込んできた。

「……うっ、警察を呼んでくださいっ」

逃亡中の凶悪犯の出現に、氷川はソファから立ち上がった。

……いや、逃亡中の凶悪犯に見えるが凶悪犯ではない。凄絶《せいぜつ》な怒気を漲《みなぎ》らせた不夜城の支配者だ。

「姐さん、警察に通報するのはやめてください」

祐が高らかに笑いながらソファから立ち上がった。それが合図なのか、清和の後ろからリキと宇治、卓《すぐる》、吾郎が顔を出す。

「……う、うん」

「確かに、前科三十犯の殺人鬼より凶悪な顔をしています」

祐の清和に対する表現は辛辣《しんらつ》だが、氷川も素直に賛同してしまう。今の清和に比べたら前科三十犯の殺人鬼はひよこだ。

「……う、うん……うん……」

「姐さんに忘れられたせいです」

情けない男ですね、と祐は歌うように己が忠誠を捧げた主《あるじ》を揶揄《からか》った。周囲の空気は刺々《とげとげ》しい。

「祐、どんな手を使ってでも思いださせろ」

清和は魔女の力を借りてでも、氷川の記憶を取り戻すつもりだ。ますます清和の凶悪度がアップする。

「二代目が涼子さんと結婚すれば思いだすでしょう」

「断る」

「では、エリザベスを娶《めと》ってください」

「ふざけるな」

ドンッ、と清和が腹立たしそうに壁を叩いた拍子に。

ガタンッ。

壁に飾られていたリースが落ちる。

ガラガラガラッ、バタンッ。

鉢植えのフェイクグリーンやクマの置物まで勢いよく倒れる。清和のやつあたりの一発は凄《すさ》まじい。

クマに罪はないのに、と氷川は無残に転がるクマの親子を元に戻した。

「ふざけてはいません。真剣です」

「いずれ、楊一族は潰す」

清和は楊一族に対する戦意を失ってはいない。最愛の姉さん女房の記憶喪失により、一時的に停戦しただけだ。

「なら、どうして一気に攻めないのですか？」

本気で潰す気ならば香港から援軍が来るまでに日本支部を攻め落とせ、と祐は言外に匂《にお》わせている。戦争の鉄則だ。

「……女房が」

「奇襲をかけておきながら、姐さん騒動でストップするなんて、眞鍋の穴を世界中に公表したようなものです」

祐が真顔で言った時、それまで無言だったリキが初めて口を開いた。

「二代目、そろそろ時間です」

「祐、俺が戻るまでになんとかしておけ」

なんとかしておけ、と清和が指差した先には氷川がいた。そのまま大股《おおまた》でリビングルームから出ていく。

「失礼します」

リキや宇治、吾郎といった若手構成員たちも続いた。宇治と吾郎から発散される悲愴感が凄まじい。

玄関口のほうからドアの開閉音が聞こえてくる。

「相変わらず、言いたいことだけ言ってくれる」

やれやれ、と祐はどこか芝居がかった仕草で肩を竦めた。背後の卓も同意するように相《あい》槌《づち》を打つ。

よかった、楊一族と戦争になっていないんだ、止まったままなんだ、と氷川は心の中でほっとした。

もちろん、顔には出さない。

「では、姐さん、参りましょう」

「どこに？」

「姐さんに会いたがっている人がいます」

祐に優しい声で促され、氷川は玄関に向かって歩きだした。後ろから沈痛な顔でついてくるのは卓だ。

さぁ、次はどんな手で来る、と氷川は心に必勝のハチマキを締め直した。魔女との戦いに負けるわけにはいかない。

祐に連れていかれた先は、眞鍋組のシマにある眞鍋第二ビルだった。極道色がまったくないビルだ。

初めて訪れたように、氷川は辺りをきょろきょろ見回す。これといった異変はない。楊一族との抗争の気配も感じられなかった。

やはり、記憶喪失は有効だ。

「姐さん、こちらです」

卓によって繊細な細工が施された扉が開く。

第一歩。

氷川は一歩踏みだした途端、言葉に詰まった。

黄色がポツン。

磨き抜かれた白い床に黄色がポツン。

バナナの皮だ。

「……バナナの皮？」

床にバナナの皮が落ちている。

あと一センチ、踏み込んでいれば滑っていた。

……かもしれない。

「姐さん、もう一度、バナナの皮で転んでください」

バナナの皮の向こう側には、摩訶不思議《まかふしぎ》の冠を被《かぶ》る信司《しんじ》がいた。その手にはバナナの皮を詰めた籠《かご》がある。

信司くん、何をするの、と氷川は心の中で信司に言った。

「……君は？」

「眞鍋組の信司です。昨日は俺、祐さんについて桐嶋組のシマにいたんです。まさか、姐さんがバナナの皮に襲われるなんて夢にも思っていませんでした。バナナの皮の危険性を知らなかった俺にも眞鍋組にも責任があります。でも、バナナです。台湾バナナです。台湾バナナで消えた記憶は台湾バナナで戻ると思うんです。姐さんのために台湾バナナシリーズのメニューを用意しました。食べてください。全部食べ終えたら思いだしてください」

信司はバナナの皮を振り回しつつ、物凄《ものすご》い勢いで一気に捲《まく》し立《た》てた。背後に台湾バナナの妖精《ようせい》が飛んでいるような気がしないでもない。

「……は？」

「姐さん、食べて食べて食べて食べて～っ」

信司の背後にはカサブランカが飾られた円形の白いテーブルがあった。ワゴンにはスイーツらしきものが載せられている。

「……はい？」

「台湾バナナのケーキと台湾バナナのマフィンと台湾バナナのムースと台湾バナナの杏仁《あんにん》豆腐《どうふ》と台湾バナナのグラタンと台湾バナナのピッツァと台湾バナナのギョーザと台湾バナナの小籠包《ショーロンポー》と台湾バナナの豆腐花《ドウフホワ》と台湾バナナのシューマイと台湾バナナの春巻と台湾バナナの割包《クワパオ》と台湾バナナの餅《もち》と台湾バナナの窯《かま》焼《や》きパンと……」

信司が目をキラキラさせて説明した通り、白いテーブルとワゴンには台湾バナナを使ったメニューが並べられている。

「……あ、あの？」

「姐さん、まだ何も食べていないんでしょう。台湾バナナシリーズを食べてください。全部食べて思いだしてください」

「……無理」

氷川は台湾バナナ尽くしに圧倒された。

「そんなこと言わずに食べてください。まず、台湾バナナのサンドイッチと台湾バナナのスープをどうぞ」

信司は目にキラキラ星を飛ばし、祐はにっこりと着席を促す。いつの間にか、ドアの前にはショウと卓が立っていた。

まるで見張りだ。

……いや、間違いなく、見張りだろう。

「僕、あっさりしたのがいい」

バナナは身体にいい。腸内環境を整えるためにもいいし、白血球を活性化させると知っているが、さして好きではない。

「じゃあ、台湾バナナのみつ豆」

「甘くないのがいい」

「台湾バナナの天麩羅《てんぷら》から食べますか?」

熱々にシナモンをかけてアイスと食べたら美味いんですよ、と信司はバナナ博士のような顔で続けた。

天麩羅でもバナナという食材が食材だけに甘くなるようだ。

「無理」

「台湾バナナのコロッケにしますか?」

「普通のパンとコーヒーがいい」

どんなに目を凝《こ》らしても、台湾バナナ尽くしの中にシンプルなパンはない。何種類ものパンが用意されているが、どれも台湾バナナがさまざまな形で駆使されている。

「台湾バナナ入りのパンとコーヒーにしますか」

信司が差しだした花柄の皿には、台湾バナナとクリームが挟まれたバゲットに目玉焼きが盛られていた。コーヒーも普通のコーヒーではない。

「コーヒーにバナナを入れないでほしい」

「コーヒーにバナナクリームを載せたら意外と美味しいそうです」

「ブラックがいい」

氷川と信司の間で、台湾バナナを巡る戦いの幕が切って落とされた。ワゴンが三台、運ばれてきたが、どれもこれも台湾バナナを駆使した料理だ。

信司の脳内には花畑が広がり、蝶《ちょう》が舞っている。たぶん、現在の脳内は南国でたわわに台湾バナナがなっているのだろう。

氷川と信司、どちらも引かない。

そこには絶対に負けられない戦いがある。

ただ、自分のために用意してくれた料理に、まったく手をつけないようなことはしない。氷川は台湾バナナのヨーグルトを口にした。

こってり甘いけれども、ヨーグルトだから後味は爽《さわ》やかだ。

「……あ、台湾バナナのサラダも新鮮な食感」

白ワインビネガーが効いているからさっぱり食べられる。

「姐さん、思いだしませんか？」

「……悪いけれど」

「早く、二代目のことを思いだしてください。このままじゃ、二代目が台湾バナナを根絶やしにします」

宇宙人に等しい信司の言うことだから、真に受けてはならない。けれど、聞き流せない。清和はいったい台湾バナナに何をする気だ。

「……はい？」

「姐さん、台湾バナナに罪はないです。助けてあげてください」

信司は台湾バナナを高く掲げた。

「……う、うん？」

「姐さんが元通りの姐さんにならないと、二代目は台湾バナナを戦車で踏み潰しますよ」

「……え？」

「元通りの姐さんになってください……あ、お転婆《てんば》なところは忘れてください。姐さんはとってもひどいお転婆だったんです」

信司くんには言われたくない、と氷川は心の中で突っ込んだ。なんにせよ、台湾バナナの威力を噛み締める。

台湾バナナってすごい。

もっとも、台湾バナナに感心している場合ではない。

やっとのことで食事を終え、隣の部屋に移らされる。

「姐さん、こちらに」

隣の部屋に一歩踏み入れた。

いや、踏み入れる前に気づいた。

ピカピカに磨かれた白い床には黄色の点々。

無数のバナナの皮。

そう、床には点々と台湾バナナの皮が落ちていた。そのうえ、バナナの皮がどこまでも続いている。

「……な、何？」

氷川は腰を抜かしそうになったが、信司は鼻息荒く説明した。

「ヘンゼルとグレーテルのパン屑《くず》の真似《まね》じゃないです」

いきなり、宇宙人の口からグリム童話のけなげな兄妹が飛びだす。氷川の記憶に残っている名作だ。察するに、魔女とお菓子の家のことではないだろう。

「ヘンゼルとグレーテル？　継母《ままはは》にそのかされた父親に捨てられたけど、パン屑を目印に帰った？　……小鳥たちに食べられて帰れなかったんだっけ？」

グリム童話の主人公は帰り道の目印として隠し持っていたパン屑を置いた。信司はなんのために床に台湾バナナの皮を置いたのか。

「姐さん、どの台湾バナナの皮でもいいから、踏んで滑って転んでください」

どうあっても、氷川を台湾バナナの皮で転倒させる気だ。傍《かたわ》らにいる祐はシニカルに口元を緩めている。

「……あ、あのね」

氷川の頬がヒクヒクと引《ひ》き攣《つ》り、止まらなくなる。

「痛くないようにクッションを置いてあげたいんですが、それだと思いだしてくれないかもしれないし……」

「……ん、僕、台湾バナナにはなんとも思わないけど……あ、バナナの皮には清和くんの思い出がある」

バナナの皮と言えば、お腹《なか》を空かせた小さな清和だ。道端に落ちていたバナナの皮を食べようとしたから慌てて止めた。

『清和くん、道に落ちているものを食べちゃ駄目だよ。ばっちいよ』

『食うーっ』

『お腹が空いているのか』

在りし日、氷川はバナナの皮を食べようとして駄々をこねる清和に途方に暮れた。抱いてあやしても手足をバタつかせるから参ったものだ。

『バナナ、バナナ、バナナ、バナナ～っ』

『清和くん、暴れないで』

実母の育児放棄により、清和にまともな食事が用意されることはない。清和が哀れでならなかった。

今でも思いだせば胸が痛む。

あの時、氷川にはなんの力もなかった。今ならば清和にお腹いっぱいになるくらいバナナを食べさせてあげられる。

「姐さん、バナナの皮で思いだしましたか？」

ぴょんっ、と信司は嬉《うれ》しそうにその場で飛び跳ねる。

「清和くんが五つくらいの時だと思う。保育園に行けなくなった頃、清和くんは道端に落ちていたバナナの皮を拾って食べようとしたんだ。僕は怒って取り上げた」

保育園料の滞納が続き、清和は強制的に退園させられた。清和にとって保育園で出る食事が唯一の栄養摂取に等しかったのに。

「姐さん、もう大丈夫です。心配しないでください。二代目は道端に落ちているバナナの皮を拾って食べたりしません」

「清和くん、いつもお腹を空かせていて可哀相《かわいそう》だった」

「今の清和くんはお腹いっぱいに食べているから大丈夫です。じゃあ、クマちゃんに記憶はありますか？」

スッ、と信司はそばの飾り棚に置かれていたクマのぬいぐるみを手にした。元々、この場にあったものではない。氷川のために用意したクマのぬいぐるみだろう。

「清和くんがクマを好きだった」

氷川はクマといえばあどけない清和を連想する。クマ模様のベビー服に包まれていた清和は最高に可愛《かわい》かった。

「クマちゃんの形をしたバナナケーキにすればよかった」

俺としたことがぬかった、と信司は珍しく苦悩に満ちた顔を浮かべる。

「バナナからそろそろ離れてほしい」

「パイナップルがいいんですか？」

「どうしてパイナップル？」

「陳《ちん》さんの差し入れには台湾バナナのほかにパイナップルケーキもあったって聞きました。台湾ビールはもらってすぐ、宇治と吾郎が飲んだって」

宇宙人との会話に戸惑いつつ、氷川は先導されるがままに進んだ。当然、廊下に一定間隔で落ちている台湾バナナの皮を踏まないように気をつける。

重厚な扉を潜《くぐ》ると、やたらと酒臭い病院があった。

「……え？　お酒臭い？」

病院と見間違えるほど、医療設備が整った広い部屋だ。しかし、白い床には日本酒や焼酎《しょうちゅう》、ウィスキーの瓶が転がっている。

台湾バナナの皮が終わったと思えば酒瓶だ。

いったい眞鍋組はどうなっているのか、氷川は白い床を埋め尽くさんばかりの酒瓶を呆《ぼう》然《ぜん》と眺める。

「木村《きむら》先生、姐さんをお連れしました」

卓の声に反応したのは、手術台の下で寝転んでいる白衣姿の男だ。

「あ～っ？　姐さん先生か？」

ボサボサ頭に無精髭《ぶしょうひげ》、頭から酒を被ったような酒臭さ。どこからどう見ても、かつて『プリンス』と称えられた天才外科医には見えないが、身なりを整えたら渋い紳士に変身する。本名は上泉昭平《かみいずみあきひら》、不夜城界隈《かいわい》での名は木村だ。

ここで氷川が反応するわけにはいかない。

ペコリ、と一礼する。

「姐さん先生、俺と泡風呂でヤりまくった夜を覚えているな。俺が姐さん先生の大切なダーリンだ」

木村の挨拶代《あいさつが》わりの言葉に、氷川は白い頬を引き攣らせた。

「違います」

「記憶がないんだろう？　どうして断言するんだ？」

「絶対に違うと思います」

氷川は五つ並んだ樽酒《たるざけ》の向こう側が、集中治療室であることに気づいた。

桐嶋だ。

白いベッドで寝ているのは桐嶋だ。

当然のように、藤堂が付き添っている。

氷川に気づいたらしく、藤堂が挨拶代わりの会釈を送ってきた。

眞鍋組がイジオットの支配下になったって間違えられている、いったいどういうこと、初めからそのつもりだったの、と氷川は口に出して問《と》い質《ただ》したい。

が、できない。

ぐっと堪《こら》えた。

「重病人ですか?」

氷川が医師としての顔で聞くと、木村は鶴岡《つるおか》産の純米大吟醸を飲んでから答えた。

「地獄から送り返された馬鹿《ばか》だ」

木村独特の言い回しを、氷川は的確に理解した。

「地獄から送り返されたのですか。そんなに危なかったのですね」

よかった、と氷川はほっと胸を撫《な》で下《お》ろす。絶対安静は続くだろうが、木村の様子から察するに危機は脱したはずだ。

「こいつ、とことん閻魔大王《えんまだいおう》から嫌われているんだな」

「閻魔大王には嫌われたほうがいい」

「姐さん先生、飲めよ」

ズイッ、と木村に鶴岡産の純米大吟醸の瓶を突きだされる。すかさず、信司がグラスを用意した。

「結構です」

「飲んだら思いだすぜ」

「こんなところで飲むのは控えさせていただきます」

「真面目《まじめ》な堅物だな」

木村が呆れたように言うと、それまで無言だったショウが口を挟んだ。

「それで、木村先生、姐さんの頭はどうなっているんスか?」

頭、とショウの人差し指の先は氷川の頭部だ。

「姐さん先生から眞鍋のことが抜け落ちたんだろう?」

「みたいっス」

「一時的なもんじゃないか。そのうち戻る」

ふっ、と木村は馬鹿らしそうに鼻で笑い飛ばした。

「そのうち、っていつっスか?」

「ボンに捨てられたら思いだすさ」

「二代目が姐さんを捨てるわけないっス」

ショウがいきり立つと、卓が青い顔で確かめるように言った。

「木村先生、検査をしないんですか？」

「検査好きの内科医じゃあるまいし、なんで検査なんてやるんだ」

「では、記憶を取り戻す処置をお願いします」

「おっしゃ、姐さん先生の身体を女にすればいいんだな。任せろ」

木村の爆弾宣言に慌てたのは氷川だけではない。卓が端整な顔を歪《ゆが》め、慌てて木村に詰め寄った。

「いえ、性転換手術ではありません」

「姐さんの去勢手術ならしてやる」

「木村先生、冗談はそこまでにしてください」

「本気だ」

木村は高らかに宣言すると、鹿児島《かごしま》産の芋焼酎《いもじょうちゅう》に手を伸ばした。

「木村先生、一刻も早く姐さんの記憶を取り戻してください」

卓はがっくりと肩を落とし、ショウは天を仰いで髪の毛を掻《か》き毟《むし》る。信司はその場に跪《ひざまず》き、十字を切って祈った。

祐は他人事《ひとごと》のように悠然と眺めている。

木村と清和の舎弟たちのやりとりを、氷川は無言で聞いた。

木村先生には僕の記憶喪失が嘘だってバレているような気がするけど、この分だと黙っていてくれるかな、と。

たぶん、木村も楊一族との抗争には反対している。どんな身の上になっても、木村には命を預かる医師という自尊心が消えないから。

その後、氷川はクマのぬいぐるみを抱かされ、信司に清和とのあれこれを延々、聞かされ続けた。宇宙人の主観が混じっているから事実とだいぶ異なる。

「姐さんがいつもいつも二代目を泣かせていました。この世であんなに可哀相な夫はいません。姐さんはキングオブ鬼嫁でした」

眞鍋組構成員は誰もが二代目組長夫妻の力関係を知っている。

「鬼嫁？」

僕のどこが鬼嫁、僕が鬼嫁だったら眞鍋組は眞鍋寺になっている、と般若《はんにゃ》のような表情を浮かべそうになったが、すんでのところで押し留《おとど》める。氷川は胸に渦巻く大波を抑え込んだ。

「魔女より怖い鬼嫁です。虎《とら》やサメより恐ろしい鬼嫁です。鬼嫁が一睨みしたら、二代目やショウはおしっこを漏らしそうになりました」

「信じられない」

「思いだしてください。鬼嫁核弾頭の噂《うわさ》はロシアにまで届いていました。イジオットの白クマは鬼嫁の姐さんに敬意を表し、わざわざ姐さんの職場に行ったんですよ。ロシアの白クマも恐れる鬼嫁です……あ、白クマって鹿児島の美味しいかき氷の白クマじゃないですよ。イジオットの皇太子の白クマです」

どうやったら信司くんの宇宙人口を止められるのか。これ、ひょっとしたら祐くんのいやがらせか。

氷川は信司を指名した祐の底意地の悪さを感じずにはいられない。

祐くんにも嘘だってバレているんだろうな、と氷川はしたり顔で桐嶋組のシマに向かった祐を思う。

それでも、問い質さないのは、祐も楊一族との抗争を望んでいないからだ。

祐くんが抗争に反対してくれたら話は早い。

氷川は眞鍋組で最も汚いシナリオを書く参謀に期待した。どんな手を使っても、これ以上、血を流させたくはない。

信司が橘高から呼びだされ、桐嶋組総本部に向かった。宇宙人対話から解放され、氷川はほっと一息つく。

「姐さん、どうぞ」

卓が用意したコーヒーに添えられていたのは、台湾バナナのふんわりしたパンケーキだ。徹底している。

もちろん、台湾バナナのパンケーキに手は伸びない。

「姐さん、大変です。二代目が肉を食っています」

氷川がコーヒーを飲んでいると、ショウが駆け寄ってきた。

「……それが？」

肉ぐらいで動揺しない。

氷川は澄ました顔でコーヒーカップをソーサーに置く。召し上がれ、とばかりに台湾バナナのパンケーキをショウに差しだした。

パクッ。

ショウはフォークとナイフも使わず、台湾バナナのパンケーキに齧《かじ》りつく。トッピングの生クリームが頬についた。

「二代目に肉を食わせてやらなかったじゃねぇっスか。いつもいつも鳥の餌みたいなメシばかり作って」

氷川は健康第一を掲げ、野菜中心の手料理を食卓に並べた。清和は野菜嫌いだが、文句を言わずに食べていた。

「鳥の餌？」

僕の作った料理が『鳥の餌』って呼ばれていたのか、と氷川はなんとなく察する。

「鳥の餌っス」

ムシャムシャムシャ、とショウは台湾バナナのパンケーキをあっという間に平らげた。ポタリ、と頰にへばりついた生クリームが床に落ちる。

ショウのマナーの悪さは今に始まったことではない。

「それで？」

「今日は組長、姐さんが禁止していた松阪牛《まつさかうし》を食ってるっス。朝から四回目の夕メシっス。いいんスか？」

清和の肉食嗜好《しこう》は知っている。特に松阪牛のサーロインが好きだ。どんなに注意しても、つきあいと称して陰で食べていると踏んではいたが。

「朝から四回目の夕メシって何？」

「二代目が肉を食うの、朝から四回目っス」

朝食も昼食もおやつも夕食も、清和は松阪牛を食べたのだろうか。朝食はステーキで昼食は焼き肉だったのだろうか。

美食に命をかける患者が清和とともに眼底を過《よ》ぎる。

「動物性タンパク質の摂《と》り過《す》ぎは控えたほうがいい」

お肉ばかり食べては駄目でしょう、いつも口酸《くちず》っぱく言っているよね、と氷川は心の中で愛しい男を咎《とが》める。

「メタボッスか？」

「万病の元」

「止めたほうがいいっスか？」

「君にとって二代目とやらが大事ならば止めなさい」

止めて、と氷川は魂で清和の忠実な舎弟に訴えかけた。

「姐さんが止めてください」

「僕は姐さんじゃありません」

氷川が手を小刻みに振った。

「姐さんは姐さんです。そんな意地悪なことばかり言っていたらまた監禁されるっスよ」

かつて氷川は魔女こと祐がプライドを込めた監禁部屋に閉じ込められた。籠の鳥の日々は思いだしたくもない。

「……監禁？」

氷川の白い頬が引き攣ると、ショウは頭を掻いた。

「……ま、来てくれっス」

ショウに連れられて眞鍋組のシマにあるステーキハウスに向かった。夜はこれからだとばかりに、禍々《まがまが》しいネオンがギラギラ輝いている。

「姐さん、何か思いだしませんか？」

「治安が悪そうなところだ」

競うように林立する風俗店に、氷川の目が曇る。

「姐さんがその治安が悪いところのど真ん中に乗り込んできたんスよ。二代目がせっかく他人のふりをしたのに」

ああ、あの時のことを言っているのか、と氷川は眞鍋組総本部を初めて訪れた日のことを思いだした。勤務先で会ったヤクザがずっと探していた幼馴染《おさななじ》みではないかと思い、危険も顧みず、押しかけたのだ。追い返された帰り、タクシー乗り場まで送ってくれたのは、清和に言い含められたショウだった。

「悪いけれど、覚えていない」

氷川が惚《とぼ》けると、ショウは頬を掻いた。

「爆弾の作り方も忘れたっスか？」

「爆発物の作り方は覚えている。意外と簡単なんだ」

「忘れてほしいことを覚えていやがる」

ショウが腹立たしそうに舌打ちをした時、ステーキハウスが視界に飛び込んできた。ドアの前には宇治が立っている。

　おそらく、清和の行きつけのステーキハウスだ。

　ここがお気に入りの店なのか、と氷川は何食わぬ顔で松阪牛の看板を眺めた。一般庶民がおいそれと食事ができる店ではない。

　鉄板カウンターに客はひとりもいないが、閑古鳥が鳴いているわけではない。不夜城の覇者が食事をしているから、ほかの客を入店させないのだ。

　愛しい男が松阪牛のサーロインステーキを食べていた。

「ねぇねぇ、清和くんもおっぱい大きな女の子が好きでしょう。男はみ～んなおっぱいが大きな女の子が好きよねぇ。隠さなくてもいいのよぅ」

　愛しい男はひとりではなかった。際《きわ》どすぎるドレスを身につけた若い美女が、べったり張りついている。

　誰？

　僕の清和くんに誰がくっついているの？

　瞬時に氷川の心は般若と化す。

「ねぇねぇ、清和くんのためなら全部、脱いであげるわよぅ」

　愛しい男は若い美女に返事をせず、バーボンを飲みながら極上の霜降り肉を口に運ぶ。ただ、若い美女を振りほどこうとはしない。

「ねぇ〜どうしてレモンちゃんと遊んでくれないのぅ。清和くんならなんでもしてあげるレモンちゃんよぅ」

清和はバーボングラスを手にしたまま、ようやく視線を向け、ショウに連れられた氷川を見た。

どうしてここに連れてくるんだ、と清和は刃物のような鋭い視線でショウを詰《なじ》る。

氷川は清和にへばりついている美女を冷静に観察した。

レモン、レモンちゃんという名には覚えがある。なんでもしてあげるレモンちゃん、という誘い文句にも記憶がある。あの日、あの時、清和のスーツのポケットに入っていたキャバクラ嬢の名刺の裏に綴《つづ》られていたメッセージだ。

この子があの時のレモンちゃんか、と氷川の脳裏にインプットされた過去が蘇《よみがえ》る。見つけた時点で問い詰めて、清和くんにコンロの火で携帯番号付きのレモンちゃんの名刺を焼かせたのに無駄だった。

名刺を黒焦《くろこ》げにしてもどうしようもないんだ。

レモンちゃん本人を黒焦げにしないと効果はない。

レモンちゃん覚悟。

氷川の心中では恐ろしい般若が暴れまくっている。

しかし、感情は爆発させない。

　氷川はゆったりとした足取りで愛しい男に近づいた。

「一時期、ノーパンしゃぶしゃぶとか流行《はや》ったみたいだけど、ステーキを食べながら女の子と？」

　清和とレモンの足下には、女性用の卑猥《ひわい》な下着が落ちていた。おそらく、レモンは下着をつけていない。清和を誘惑するために。

「………」

「合理的とは思えません」

「………」

「どちらかにしたほうがよいのではないですか？」

　よくも僕の清和くんに、と氷川は魂でレモンを威嚇《いかく》する。

「………」

　清和の顔から血の気が失《う》せた。魂もどこかに飛びたったようだ。

「不衛生です」

　清和くんも清和くんだ、どうして追いはらわないの、レモンちゃんになんでもしてもらう気なの、僕にあんないやらしいことをしたのに、僕にあんないやらしいことをしたくせにまだ足りないの、と氷川は清和も心の中で罵《ののし》った。

「………」

「ヤクザには栄養指導と食事マナー指導が必要ですね」

氷川は事務的に言うと、クルリと背を向けた。嫉妬心《しっとしん》が炎上しないうちに、さっさと退散したほうがいい。

「……あ、姐さん、あれを止めないんスか？」

ショウの震える人差し指は、清和にしがみついているレモンを指した。

ブチュッ。

レモンは清和の頬に音を立ててキスをした。

真っ赤な口紅が清和の頬につく。

「マナーが悪いですね」

抗争よりマシ、日本刀を振り回すよりマシ、バズーカ砲を持ちだすよりマシ、戦車隊を出動させるよりマシ、と氷川は全精力を傾けて自分を宥める。決して顔には出さない。

「二代目にノーパン女が迫っているっスよ？」

あの女は穿《は》いていねぇっス、とショウは鼻息荒く興奮している。眞鍋の切り込み隊長は女好きだ。

「店外ならば風俗営業法違反で逮捕され……されませんか？」

「ノーパン女はやる気っスよ」

レモンちゃん、僕の清和くんに手を出したんだから覚悟してね、と氷川は脳裏でレモンを黒焦げにした。
レモンは灰になる。
「そうですか」
ふるふるふるっ、と氷川は怒りで震える手を全身全霊をかけて止めた。
「姐さん、なんでブチ切れないいんスか?」
ショウに信じられないといった風情で見つめられ、氷川は冷たい目で一蹴《いっしゅう》した。
「社会のクズらしい食事マナーかもしれません」
氷川は頭の中で清和の頬を抓った。
むぎゅっ、と。
一回では気がすまない。
何度も何度もむぎゅっ、と抓る。
レモンにキスをされた頬は消毒する。
どんなにヒリヒリしても消毒し続ける。
ステーキハウスも店内のみならず屋根も消毒する。
いや、生温《なまぬる》い。
ステーキハウスもろとも灰燼《かいじん》に帰したほうがいい。
魂が般若化してボルテージが上がる。

「……ブッ、ブチ切れてくれっス。ブチ切れてくれ。ブチ切れてくれっス。姐さんならブチ切れて、大暴れしていたっス。ステーキハウスごとブチ壊していたっス。俺は身体を張って姐さんを止める覚悟で連れてきたのに……肝心の姐さんが核弾頭にならねぇなんてねぇだろーっ」

　うおおおおおお～っ、とショウは野生の猛獣のような雄叫《おたけ》びを上げる。目の血走り方は常軌を逸していた。

「……あ、姐さんがあれを見ても妬《や》かない……ほ、本当に……本当に記憶がないんだ……本当に……記憶が……」

　宇治は虚《うつ》ろな目で独り言のようにポツリポツリと零《こぼ》す。

「姐さんなら姐さん特製の火炎瓶を投げ込んでもおかしくないよな……二代目の記憶が……マジに眞鍋の記憶が抜け落ちているんだ……」

　いつの間にいたのか、吾郎が鉢植えの観葉植物の後ろに立っていた。今にも黄泉国《よみのくに》に旅立ちそうな顔色だ。

「姐さん、頼むから思いだしてくれーっ」

　清和の舎弟たちが悲愴感を漂わせ、いっせいに同じ言葉を叫ぶ。彼らの背後にブラックホールが出現したような気がする。

　氷川が素知らぬ顔で聞き流したのは言うまでもない。

5

翌日、氷川《ひかわ》が目覚めた時、隣に愛《いと》しい男はいなかった。ベッドルームを出てリビングルームに進む。

どうやら、清和《せいわ》が帰った気配はない。

まさかレモンちゃんとあのまま、と氷川はあってほしくない場を想像する。何せ、もう清和はベビー服に包まれていた子供ではない。誰よりも雄々しい美丈夫《びじょうぶ》だ。

レモンちゃん、清和くんは僕のものだからね、と氷川はギリギリギリギリッ、と歯を嚙《か》み締《し》めた。

清和が帰宅した様子はないが、リビングルームに続くダイニングキッチンでは物音がする。

いったい誰だ。

エプロン姿の美女が朝食を作っていた。

「あら？　おはようございます」

氷川の敵がいた。祐《たすく》が新しい二代目姐《あね》候補として名を挙げた涼子《りょうこ》だ。どこかの新妻のようではないか。

いや、新妻なのだろう。

「……おはようございます」

氷川がやっとのことで挨拶《あいさつ》をすると、涼子はフライパンからふんわり焼いたスパニッシュオムレツを皿に盛った。付け合わせは、ハーブ入りのソーセージとブロッコリーだ。

「朝食を食べていかれますか？」

テーブルには焼きたてのパンとローストチキンのサラダ、ブルーベリーがトッピングされたヨーグルトが並んでいる。

「……あなたは？」

彼女が何者かわかっているがあえて聞く。

「橘高《きったか》清和の妻です」

涼子は勝ち誇ったように宣言した。

ガツン。

フライパンで頭を殴られた。

そんな気がした。

「妻？」

「眞鍋《まなべ》の二代目組長に嫁ぐことになりました」

嘘《うそ》か。

嘘に決まっている。

嘘だと思いたい。

「……そうですか」

「二代目姐が二代目姐としての務めを果たせなくなったとお聞きしました。これからは私が二代目組長を支えますから安心してください」

誰の差し金か、確かめなくてもわかる。ビジネスマンよりビジネスマンらしい参謀は、花嫁に楊《よう》一族の楊貴妃《ようきひ》ではなく橘高の兄貴分の娘を選んだ。

「そうなんですか」

「今日からこの部屋には私が二代目姐として暮らします。今日中に出ていってくださいませんか？」

涼子の声音も態度も淑《しと》やかだが、激烈なしたたかさがあった。さすが、祐が選んだ二代目姐だ。

「わかりました」

「せめてものお詫びに朝食を食べていってください」

涼子の手料理には毒が盛られている。

……否、涼子の手料理に毒が盛られている危険性は低いだろうが、どうしたって喉《のど》を通りそうにない。

「結構です」

「せっかく作りましたのに」

「お気持ちだけ受け取っておきます」

氷川の牙城《がじょう》だったキッチンを、涼子に占拠されてしまったのだ。一刻も早く、涼子の色に染まったキッチンから離れたい。

「本当に記憶を失われたのですね」

涼子に勝ち誇ったように見下されたが、氷川は冷静にサラリと躱《かわ》した。

「そのようです」

「橘高清和並びに眞鍋組のこと、二度と思いださないでください。本来、氷川先生が関《かか》わる世界ではありません」

涼子の勝利宣言にも似た言葉に対し、氷川は頷《うなず》くことも首を左右に振ることもしない。内科医として培ったスマイルで対処した。

「失礼します」

氷川は手早く身なりを整えると、三日分の衣類を大きなボストンバッグに詰めた。そして、玄関口に向かう。

「氷川先生、お待ちください」

「なんですか?」

「僅《わず》かですが、お受け取りください」

涼子から厚みのある封筒を差しだされ、氷川は首を左右に振った。十中八九《じっちゅうはっく》、封筒の中は一万円札の束だ。

手切れ金かもしれない。

「無用です」

氷川は即座に拒んだが、涼子は強引に握らせようとした。

「お願いですから受け取って」

「結構です」

「清和さんのために受け取ってほしいの」

「失礼します」

氷川は断固とした態度で拒絶し、清和と暮らしていた部屋を出た。バタン、と玄関のドアが閉まる。

エレベーターに乗っても、涼子は追ってこなかった。

とうとう清和に捨てられたのだろうか。

血で血を洗う抗争になるよりもマシ、清和くんが狙《ねら》われるよりもマシ、殺し合いよりマシ、これで清和くんと会えなくなるわけじゃない、きっとまた清和くんと会える、と氷川は無人のエレベーターの中で自分に言い聞かせる。

どこに監視カメラが設置されているか定かではないから声には出さない。

エレベーターはノンストップで地下の駐車場に着く。

「……あ、間違えた」

慣れとは恐ろしい。つい、いつもの調子で地下の駐車場まで下りてしまう。送迎係のショウはいないというのに。

エレベーターで一階に上がった。

チン、という音を立ててエレベーターの扉が開く。

ツルッ。

ツルリ、ピカッ。

眩《まぶ》しい。

氷川は眩しくて手をかざした。

「……いったい何？」

目の前にツルツルの山。

墨染《すみぞ》めの衣を身につけた僧侶《そうりょ》が、エレベーターホールにズラリと並んでいる。全員、頭部には髪の毛が一本もない。

どうして、眞鍋組が所有するビルに大勢の僧侶が集まったのか。お葬式か。僧侶の葬式が行われるのか。

そんなはずはない。

落ち着いてみれば、墨染めの軍団の中心に立つ僧侶には見覚えがある。神出鬼没の形容がつく芸人だ。

いや、芸人根性では定評のあるサメだ。

「拙僧《せっそう》、出家しても姐さんの美しさに目がくらむ。煩悩《ぼんのう》が断ちきれませぬ。己が業の深さと姐さんの美貌《びぼう》が恨めしいでござる」

坊主姿のサメが数珠《じゅず》を手に朗々と言った。剃髪《ていはつ》した頭部にライトの光が反射している。

ほかの僧侶にしてもそうだ。

……ほかの僧侶ではない。

サメの隣で錫杖《しゃくじょう》を握っているのは、眞鍋が誇る韋駄天《いだてん》のショウだ。宇治《うじ》や卓《すぐる》、吾郎《ごろう》や信司《しんじ》まで剃髪している。

「……ええ?」

眞鍋組構成員がツルピカ構成員に?

氷川は顎《あご》を外した。

外したかと思った。

「詮《せん》ないことを申し上げている場合ではございませぬな」

サメの数珠を操る手が堂に入《い》っている。

1F
しんごんしゅう
まなべでら

「……え？　え？　えぇ？　お坊さん？」

「拙僧、サメ、という名は捨てました」

武蔵坊海尊《むさしぼうかいそん》と申す、とサメは厳《おごそ》かに僧侶としての名を名乗った。ピカッ、とツルツル頭がいちだんと輝く。

「……は？」

「拙僧と眞鍋組一同は姐さんのためにすべてを捨てました」

サメの言葉に呼応するように、周りの坊主軍団こと眞鍋組構成員たちが大きく頷く。ショウと宇治の目は、これ以上ないというくらい血走っていた。

「……は、はい？」

僕のためにいったい何を捨てたの。

僕のために髪の毛を捨てたの。

ツルリンピカピカ。右を見ても左を見てもツルツルリン。氷川の思考回路は光り輝く頭部でいっぱいになっている。

「思いだしてください。姐さんのご希望は真言宗《しんごん》・眞鍋寺でしたね」

「……あ、あの？」

「姐さん、忘れたとは言わせませぬぞ」

サメに言われるまでもなく、忘れるわけがない。眞鍋組を解散して眞鍋寺にしたくてたまらない。

眞鍋寺にしたい。

眞鍋寺にしたかったけれども。

いったいどこで出家してきたのか。

縁のある高野山《こうやさん》の福清厳浄明院《ふくせいごんじょうみょういん》からはなんの連絡もない。それとも、氷川が知らないだけで、高野山の名僧に導いてもらったのだろうか。

「……あのね？」

「姐さんのご命令に従い、指定暴力団・眞鍋組は眞鍋寺になります。院家《いんげ》は二代目組長その人です」

サメの眞鍋寺宣言に合わせ、チーン、という鈴《れい》が鳴る。

氷川の開いた口が塞《ふさ》がらない。

ツルツルに光る清和の舎弟たちの頭部が眩しい。高野山の名僧のように神々しさは感じないが、ツルピカには変わりがない。

「姐さんに捧《ささ》げます。般若心経《はんにゃしんぎょう》」

般若心経が唱えられだした。

サメと信司が中心になって般若心経を唱えている。ふたりの般若心経はなかなか上手《うま》い。何も知らない者が聞けば、本物の僧侶が唱えていると思うだろう。ショウや宇治、吾郎も殊勝な態度だ。

おかしい。

絶対におかしい。

あれだけ出家することをいやがっていたのにおかしすぎる。

罠《わな》だ。

絶対に罠だ。

氷川はサメのシナリオによる策だと気づいた。注意深く見れば、サメにしろ信司にしろショウにしろ卓にしろ吾郎にしろ、本当に剃髪したわけではない。たぶん、坊主頭のウィッグを被《かぶ》っているのだろう。

お坊さんのふりをするなんて罰当たり、と氷川は心の中で偽僧侶集団を批判した。とりあえず、記憶喪失の演技だ。

般若心経が厳かに終わる。

「姐さん、これからの眞鍋寺について話し合いたい」

サメにしみじみとした調子で言われ、氷川は手を小刻みに振った。

「なんのことだか、わかりません」

「姐さんのパッションは眞鍋寺プロジェクトに注がれていた。思いだしてください」

「覚えがない」

「拙僧、並びに眞鍋の男を坊主にした責任を取っていただく」

　誰のせいでツルツルになったと思っているんだ、とサメは暗に匂《にお》わせている。チーン、と信司が鈴を鳴らした。

「知りません」

「あれだけ、寺だの坊主だのツルツルだの、ぎゃんぎゃん騒いでいたのに忘れたとは言わせないわよぅ？」

　何かが弾《はじ》けたのか、サメはいきなりオカマ口調になった。くねっ、と腰も大袈裟《おおげさ》にくねらせる。

　その衣装でやめろ、と口にしたいができない。

「申し訳ないけれど記憶にない」

「マジに記憶喪失？」

「ごめんなさい」

　氷川は軽く頭を下げると、出入り口に向かった。

「姐さん、待ちやがれーっ」

　迫力満点の坊主軍団が、氷川の行く手を阻《はば》む。ひとりでも異様なのに何人も揃《そろ》うと不気味でいて滑稽《こっけい》だ。

「姐さん、姐さんのあのツルツル愛はどこに行ったんスか？」

ショウにツルツル頭は似合わないし、墨染めの法衣《ほうえ》もマッチしない。まさしく、仏への冒瀆《ぼうとく》だ。

「姐さんはツルピカ命だったのに……ツルピカでどうして思いだしてくれないんですか……最後の手段だったのに……」

「俺たちの捨て身……捨て身が……」

吾郎や宇治も坊主ルックはしっくりしない。ただ、卓は美坊主とまでいかなくても、清潔そうな僧侶に見えた。

なんにせよ、罰当たり。

「どいてください」

「姐さん、どこに行くんですか?」

「今後、涼子さんがこちらで暮らすそうです。パンの朝食を作っていましたが、美味《おい》しそうでしたよ。涼子さんは家庭的な女性のようですね」

氷川が新しい二代目姐について言及すると、その場にいたツルツル軍団は苦しそうにいっせいに唸《うな》った。

「……ううう……魔女は本気か……本気なのかよ……」

チーン、チーン、チーン、と信司が恐怖に駆られたかのように鈴を鳴らした。吾郎は怯《おび》えたように錫杖で床を突く。

「……魔女だよな」

「楊一族との戦争を考えたのか？」

「ついさっき、成田《なりた》に楊一族の凄腕《すごうで》が着いたらしいぜ」

「楊一族がすべて水に流してイジオットともう一度手を組んで、日本攻略を計画している、っていう噂《うわさ》も聞いた」

「さっさと楊一族を叩《たた》き潰《つぶ》さなきゃヤバい」

「楊一族の関東のアジトだけでも潰さないとヤバいぜ」

ショウを筆頭に眞鍋組の兵隊は、一刻も早く楊一族を襲撃したいらしい。何しろ、ほんの半時で情勢が変わるからだ。

全面戦争に突入していないわけは、ほかでもない氷川の記憶喪失である。

ショウを始めとするツルツル頭の軍団は申し合わせたわけでもないのに、いっせいに同じ言葉を涙声で叫んだ。

「姐さん、さっさと思いだしてくださいーっ」

言うまでもなく、氷川はどんな懇願も素知らぬ顔で無視する。決して負けられない戦いは続いているのだ。

もっとも、眞鍋組のシマから出ることはできなかった。

「卓くん……だったね。放してくれるかな」

氷川はひとりで出歩くことさえできない。どこに行くにもぴったりとマークがつく。

「姐さん、こちらです。第二ビルに姐さん用の素晴らしい部屋を用意しました」

「自宅に帰らせてほしい」

「姐さんの自宅は二代目が暮らすところです」

「涼子さんという女性がいらっしゃいました」

あのしたたかな女性ならば今頃、清和のプライベートルームを自分の色に染め変えているはずだ。インテリアも一新しているだろう。

「二代目は姐さん一筋です」

「僕は姐さんではありません」

「氷川先生、こちらです。ひとまず、氷川先生はこちらで過ごしてください」

氷川は眞鍋第二ビルの豪華絢爛《ごうかけんらん》な部屋に移される。以前、監禁された鳥の籠《かご》部屋に似ているので焦った。

「……この部屋」

氷川が顔を引《ひ》き攣《つ》らせると、卓がコーヒーの用意をしながら言った。

「氷川先生、気に入りませんか？」

「どうしてか落ち着かない」

「そうですか」

卓がコーヒーを載せた猫脚のテーブルには、お約束のように籠に盛られた台湾バナナがあった。台湾バナナのマフィンや台湾バナナを使った焼き菓子がある。

「……バナナ？」

ここでも台湾バナナか、と氷川は呆然《ぼうぜん》とした。すでに一生分の台湾バナナを見たような気がしないでもない。

「姐さん、俺はこんなにバナナを憎んだことがありません」

卓はなんとも形容しがたい哀愁を漂わせ、台湾バナナの皮を剝《む》いた。坊主姿のままなので変な感じだ。

「バナナを憎んでも何も生みださない」

「バナナを愛するしかないんですか？」

「憎むよりいいと思う」

「氷川先生の記憶が戻らない限り、バナナを愛せる自信がありません」

どうぞ、と卓は皮を剝いた台湾バナナを差しだした。氷川が知る頭脳派幹部候補の旧家の令息ではない。

「あんまりバナナについて深く考えないほうがいいと思う」

氷川は首を左右に振り、台湾バナナを辞退した。

「すべては姐さん次第です」

「僕も困った」

「俺たちも困った。二代目も荒れているから助けてください。あんな二代目を見たのは初めてです。姐さんが家出した時よりひどい」

卓の落ち込みぶりがひどく、氷川が困惑した時のこと。

ガタッ。

ガタガタガタガタッ。

ガシャーン。

耳障《みみざわ》りな音がした。

「どうやってこんなところに潜り込みやがったーっ」

大理石の天使像の向こう側から、ショウの罵声《ばせい》が聞こえてきた。

「……姐さん、姐さんのお見舞い……」

「何が姐さんのお見舞いだ。覚悟しろよ」

氷川は卓が止めようとする手を振り切り、騒動の元に駆け寄った。金の精巧な意匠が施された扉の向こう側だ。

「……な、何をしているの？」

ショウが中肉中背の眞鍋組構成員を床に押さえつけている。傍《かたわ》らには転倒したマイセンの飾り花瓶とともにサバイバルナイフが落ちていた。

「姐さん、引っ込んでいてください」

ショウは眞鍋組構成員の首をさらに絞め上げた。くぐもった悲鳴が豪勢な部屋に響く。

「……暴力反対、暴力は嫌いです」

「こいつ、橘高のオヤジに可愛《かわい》がられていたのに、楊一族の金に目がくらみやがった。許せねぇっ」

ショウの殺気を帯びた迫力に、眞鍋組構成員の裏切りを知る。楊一族の影響力は国家権力のみならず眞鍋組内部にまで及んでいるというのか。

「……え？」

「ついさっき、桐嶋《きりしま》組長と藤堂《とうどう》が楊一族のヒットマンに殺されかかった。手引きしたのはこいつっス」

眞鍋組の牙城の一角に侵入されるなど、極道としてのメンツに関わる。何より、内通者がいなければ、絶対安静の桐嶋がいる奥まで辿《たど》り着《つ》けないはずだ。

そんなことが。

決してそんなことがあってはならない。

けれど、あってはならないことが起こるのがこの世だ。

「……そ、そういうの、僕はよくわからないけれど……暴力はやめたほうがいい……」

「こいつ、姐さんも楊一族に引き渡すつもりだったんスよ」

だからここまで乗り込んできやがった、とショウは悔しそうに唾《つば》を吐いた。卓も凄絶《せいぜつ》な闘志を漲《みなぎ》らせる。

「……え？」

僕も狙われていたのか。

僕まで狙われていたのか。

氷川は今さらながらに楊一族の熾烈《しれつ》な戦い方を知る。

「姐さん、さっさと思いだしてくれ。もう戦争は始まっているんだ」

戦争、という言葉で氷川は確固たる自分を取り戻す。

「戦争反対、戦争には断固として反対します。憲法第九条で戦争放棄は記されています。君も戦争を放棄し、平和的な解決を見いだしてください」

氷川は頰《ほお》を紅潮させ、力説した。

「何言っているんスか？」

「……あ、台湾バナナを食べる？　お茶を淹《い》れようか？」

「姐さん、頼むから思いだしてくれーっ」

何度目かわからないショウの絶叫に、動じたりはしない。氷川は改めて楊一族との抗争回避を願う。

細心の注意を払って、記憶喪失を装うまでだ。

そう改めて決意した時、バタバタバタバタバタッ、という足音が響いてきた。ひとりふたりの足音ではない。

「おい、何があったっ？」

ショウが特攻隊長の目で怒鳴った時、侵入者を知らせるサイレンが鳴り響いた。瞬時にショウと卓が氷川の盾になる。

プシューッ。

白い煙。

発煙筒が投げ込まれたらしく、カサブランカがあちこちに飾られた部屋に白い煙が立ちこめる。階段や廊下も白い煙に覆われた。

「楊一族の奴《やつ》らが忍び込んだーっ。姐さんをお守りしろーっ」

「楊一族だ。３Ａブロックを封鎖しろーっ」

「楊一族です。二代目に連絡……うわっ……」

白い煙の中、眞鍋組構成員たちの狼狽《ろうばい》する声が聞こえてきた。

ズギューン、ズギューン、ズギューン。

銃声も断片的に響く。

刃物がぶつかり合う音も漏れてくる。

これはいったいどういうこと、抗争はストップしていたはず、どうして楊一族はこんなところまで、と氷川は愕然《がくぜん》とした。

それこそが、香港《ホンコン》マフィアの一翼を担う楊一族なのか。

「……や……」

氷川が掠《かす》れた声を漏らすと、卓が兵隊の目で言った。

「姐さん、安心してください。必ずお守りします」

「……これはいったいどういうこと？」

「諜報部隊《ちょうほうぶたい》の怠慢です。坊主コスプレのクオリティに労力を割《さ》いている場合じゃなかった」

「諜報部隊の怠慢？」

氷川が筆で描いたように目を細めた時、不気味な爆発音が響き渡った。

ドカーン、ガラガラガラガラガッシャーン。

どこかの何かが崩れ落ちたような気配だ。天井から吊《つる》されているクリスタルのシャンデリアも大きく揺れ、豊穣《ほうじょう》の女神の彫刻が派手な音を立てて倒れた。

「大丈夫か？」

立ちこめる白い煙の中、黒いスーツに身を包んだ清和が現れた。

「二代目？」

「女房を避難させる」

清和は大股《おおまた》で氷川に近寄った。

グサリ。

清和の鳩尾《みぞおち》にジャックナイフが突き刺さった。

プシューッ。

清和の身体《からだ》から血飛沫《ちしぶき》が飛ぶ。

「……ショウ？　どうして？」

清和は自分の身体に突き刺さったジャックナイフに触れながらショウを見つめた。信じられないといった風情だ。

そう、不夜城の覇者にジャックナイフを突き刺したのは、眞鍋組が誇る切り込み隊長だ。眞鍋の昇《のぼ》り龍《りゅう》に忠誠を捧げていたというのに。

「二代目はレモンと横浜《よこはま》にいる」

ショウは二本目のジャックナイフを清和の右膝《みぎひざ》に突き刺した。

「……うっ」

「楊一族だな。二代目に化けてここに乗り込むなんて馬鹿《ばか》か」

眞鍋をナメるなっ、とショウは清和に扮《ふん》した楊一族の男を蹴《け》り上《あ》げた。

これらはあっという間の出来事だ。氷川が声を上げる間もない。ただ、目の前に出現した清和が愛しい男だとは思わなかった。

楊一族は清和くんに変装して乗り込んでくるんだ、と氷川は改めて楊一族の底知れぬ恐ろしさを痛感する。

「姐さん、大丈夫ですか？」

卓に心配そうに尋ねられ、氷川は長い睫毛《まつげ》に縁取られた目を揺らした。

「……も、もう……」

「大丈夫です。姐さんはお守りします。掠り傷ひとつ負わせません」

部屋に立ちこめる白い煙が収まってきたと思ったのも束《つか》の間《ま》、奥のほうから金切り声が響いてきた。

「木村《きむら》先生がやられたっ」

「桐嶋組長もやられたーっ」

「桐嶋組長が息をしていないーっ」

あの熱い血潮が流れる男が逝《い》ったというのか。

氷川の頭の中が空っぽになった。

ショウと卓は同時に息を呑《の》む。

「安城《あんじょう》先生を呼べーっ」

「桐嶋のオヤジに産婦人科医を呼んでどうするんだーっ」

「医者、医者を呼べーっ」

「医者だ。どんな手を使ってもいいから医者を捕獲しろーっ」

医者が求められている。

僕はなんでぼうっ、としているの、と氷川は自分を取り戻した。桐嶋を助けなければならない。

いや、桐嶋が藤堂を置いて旅立つわけがない。

「医者ならここにいます」

氷川は毅然《きぜん》とした態度で宣言すると、ショウと卓は同時に顔を歪《ゆが》めた。

「姐さん、危ない」

「怪我人《けがにん》のところに連れていきなさいっ」

氷川は物凄い勢いでショウと卓という盾を振り切り、銃声がする奥へ向かって走りだした。

「姐さん、そっちは危ない」

ショウが真っ青な顔で追いかけてくる。卓はスマートフォンを操作しながら続く。

「怪我人はどこにいるの？」

確か、桐嶋さんと藤堂さんがいたのはこっちの方面だった、と氷川は後ろを気にせずにひた走る。

廊下に鶴岡《つるおか》産の純米大吟醸やあつみ温泉の清酒など、日本酒の空き瓶が何本も転がっているから近いはずだ。

「姐さん、こちらです」

藤堂の声が聞こえてきた部屋に飛び込む。

噎《む》せ返《かえ》るような血の匂い。

白い床には血の海がいくつもある。壁には血飛沫が飛び散り、あちこちに拳銃《けんじゅう》や日本刀などの武器が酒瓶とともに転がっていた。

横転した診察台とワゴンの向こう側には、破壊された集中治療室がある。白いスーツ姿の紳士がいた。どうやら、白いベッドに横たわる桐嶋に寄り添っている。

無意識のうちに、氷川の上品な唇が動いた。

「……藤堂さん？」

氷川は医療機器やガラスの破片を乗り越え、藤堂と桐嶋に近寄った。もちろん、止めようとするショウと卓の腕を無視する。

「姐さん、一足遅かった」

藤堂が伏し目がちにポツリ。

氷川はこんなに寂しそうな藤堂を見た覚えが一度もなかった。どんな時であれ、泰然とした態度を崩さない紳士だったのに。

「……お、遅かった？　桐嶋さんは？」

氷川はすぐに白いベッドで寝ている桐嶋に視線を落とした。

義理に厚い熱血漢は安らかに眠っている。

そう、安らかに。

……安らかすぎる。鼾《いびき》どころか寝息も聞こえない。

「元紀《もとき》が死にました」

一瞬、藤堂が何を言ったのか、氷川は理解できなかった。

けれど、すぐに我に返る。

「藤堂さんが生きているのに桐嶋さんが逝くわけないでしょう。心臓が止まったぐらいで桐嶋さんは死にません」

「元紀の遺言を伝えます」

「桐嶋さんの遺言を聞くのは最低でも六十年後です。桐嶋さんの遺言なんてどうせ決まっている」

心臓マッサージ、と氷川は桐嶋に蘇生措置《そせいそち》を施そうとした。

……気づいた。

桐嶋に心臓マッサージは必要ない。

「桐嶋さん、死んだふりはやめてください」

氷川が形のいい眉《まゆ》を顰《ひそ》めると、桐嶋の閉じられていた目が開いた。パチリ、と。

「姐さん、記憶喪失のふりはあかんで」

氷川がよく知る気のいい熱血漢が、布団を蹴り飛ばした。包帯だらけの上体を起こそうとしたので、氷川は腕力で押し留《おとど》める。どんなに楽観的に考えても、死地を彷徨《さまよ》った桐嶋はまだ絶対安静のはずだ。

「……なんのことですか？」

しまった、と氷川は我に返った。

「惚《とぼ》けても無駄やで。ゲームオーバーや」

桐嶋がニヤリと笑うと、藤堂が優雅なムードで口を挟んだ。

「姐さん、時間がないので手短に言います。楊一族の次男のリチャードと交渉してください」

なんの前触れもなく、藤堂の品のいい口から楊一族の名が飛びだした。氷川の脳裏に高野山での取引が蘇《よみがえ》る。

もはや、記憶喪失を装っている場合ではない。

「藤堂さん、どういうこと？」

やっぱり何か知っているんだね、と氷川は身を乗りだした。

「楊一族の内紛が表面化しています。長男のギルバートと次男のリチャードが争い、どちらも引く気配がありません。どちらかが滅ぶまで戦うでしょう」

藤堂はなんでもないことのように骨肉の争いを予想した。ベッドに横たわっている桐嶋も、同じ見解のようだ。

「眞鍋は楊一族の内紛に関わりたくない」

氷川が楚々《そそ》とした美貌を曇らせると、藤堂は穏やかな微笑を浮かべた。

「無理です。もう関わってしまいました」

「藤堂さんが持ちかけた取引のせいでしょう。眞鍋はイジオットの犬になったって誤解されている」

あの高野山での夜、藤堂の仲介を拒絶し、眞鍋組が楊一族と手を組んでいたらどうなっていたか。

楊一族の骨肉の争いに巻き込まれていたかもしれないが、イジオットの支配下に入ったという誤解は招かなかったに違いない。

「面目ない。まさか、そのような誤解が生じるとは思わなかった」

藤堂の謝罪が白々しくてたまらない。

「嘘つき、藤堂さんはわざと誤解されるように企《たくら》んだね」

ウラジーミルのために眞鍋を利用したんだ、と氷川は目を吊り上げた。病床の桐嶋も不服そうに鼻を鳴らす。

「姐さん、時間がありません。長男のギルバートはイジオットへの報復とともに眞鍋と桐嶋の壊滅を計画しています。次男はイジオットへの報復は考えず、眞鍋と桐嶋に対しても平和的な関係を望んでいる」

藤堂は平然とした様子で話を強引に戻した。彼には彼の確固たる意志があって話を持ち込んだらしい。

「じゃあ、刑事や救急隊員を買収して僕や藤堂さんを拉致《らち》したのはギルバート？」

あの時、清和だけでなくリキ、ショウといった眞鍋組構成員たちにも手錠がかけられた。一歩間違えれば、桐嶋狙撃《そげき》の現行犯で有罪になったかもしれない。

「そうです。一連の眞鍋に対する攻撃はすべてギルバートです。香港から東京に兵隊を送り込んでいます」

氷川もショウたちの会話で強硬派の長男の噂は耳にしていた。今現在、頭目として楊一族の頂点に立っているのは長男のギルバートだ。危険すぎる。

「今、忍び込んでいる楊一族の男もギルバート派？」

「そうです。俺と姐さんを誘拐しようとしました」

性懲りもなく、ギルバートは氷川と藤堂を拉致しようと企んだのか。最高の人質であることは間違いないが。

「ギルバートよりリチャードが楊一族のトップになったほうがいい？」

眞鍋組にとってもイジオットにとっても、楊一族の頭目は穏健派の次男が望ましい。まずもって、流す血の量が違うだろう。

「当然です。リチャードは時勢を見ることができる男です」

「リチャードが信用できる？」

氷川がリチャードなる次男坊に不審感を抱いた時、白い衝立《ついたて》の向こう側から絶世の美女が現れた。

牡丹《ぼたん》より華やかな楊一族の五男坊のエドワードことエリザベスだ。

「姐さん、時間がないのよ。さっさと眞鍋のボスを宥《なだ》めてリチャードと手を組ませて」

カツカツカツカツ、というエリザベスのハイヒールの音がやけに響く。

「エリザベス？　どうしてここに？」

「上手く忍び込めたと思ったのに藤堂にバレたの。でも、同じことを考えていたから助かったわ」

チュッ、とエリザベスは藤堂に投げキッスを飛ばした。

「エリザベス、君に信用はない」

よくも僕の清和くんに、よくもよくもよくもよくもよくも、と氷川の瞼《まぶた》に清和とエリザベスのキスシーンが蘇る。

枕《まくら》。

枕がある。

一発ぐらいお見舞いしないと気がすまない。

だが、さすがに桐嶋が使っている枕は投げられない。氷川は枕に伸ばした手を理性で引っ込めた。

「何よ、私が綺麗《きれい》だからって嫉妬《しっと》しないで」

ふんっ、とエリザベスは腕を組んだ姿勢で氷川を見下ろした。

バチバチバチバチバチッ。

氷川とエリザベスの間で火花が散る。

恐怖の悲鳴を零《こぼ》したのは、追いかけてきたショウや卓だ。いつの間にか、宇治や吾郎といった兵隊も揃っている。

「誰もそんなこと思っていません」

「私が綺麗すぎてムカついたから、眞鍋のボスにイジオットと手を組ませたんでしょう。わかっているのよ」

「全然、違います」

「桐嶋さん、私のほうが綺麗よね？」

いきなり、エリザベスは寝ている桐嶋に向かって自信たっぷりに尋ねた。その手は意味深に桐嶋の頬を撫《な》で上《あ》げる。

「俺は牡丹も白百合《しらゆり》も綺麗やと思うんや」

桐嶋が揶揄《やゆ》したように、氷川とエリザベスはタイプが違う。

「桐嶋さんらしくない。面白くない答えだわ」

「勘弁してぇな」

「桐嶋さんは氷川 諒一《りょういち》先生の舎弟だから逆らえないのね。可哀相《かわいそう》に」

「同情してくれるんやったらちゃっちゃとまとめてえや。眞鍋の色男は楊一族を叩き潰すつもりやで」

「戦車隊で香港に乗り込むのはやめてよ」

「眞鍋の色男ならやりかねへん」

桐嶋が傷だらけの手を振ると、エリザベスは大袈裟に肩を竦《すく》める。そして、氷川に視線を流した。

「姐さん、私の美しさに嫉妬しないでね。冷静に私の話を聞いて」

「僕は戦争に反対しているだけです」

「じゃあ、リチャードと手を組んでよ。リチャードが手を打たなかったら、とっくの昔に眞鍋組のシマは火だるまになっているわ」

これでもリチャードと私が眞鍋への攻撃を止めたのよ、とエリザベスはヒステリックに叫んだ。

「エリザベス、君は長男ではなく次男につくのか」

「ええ、ギルバートは一昔前のセオリーを引《ひ》き摺《ず》っているもの。今の時代を見ていないわ。もうそんな時代じゃないの。そんな時代じゃないのに」

三男はギルバート派で四男はリチャード派よ、とエリザベスは楊兄弟の内情も明かした。頭目だった父親の死により、頑強な一枚岩が真っ二つに割れたのだ。エリザベス自身、悔しくてたまらないらしい。

「リチャードはどこにいる？」

「つい先ほど、ギルバートから奇襲を受けて台湾に逃げたっていう報告があったわ。……あ、台湾バナナを食べに行ったわけじゃないわよ」

エリザベスの口から台湾バナナが飛びだし、氷川は白い頬を引き攣らせた。

「わかっています。台湾バナナの話はもういい」

「ギルバートとリチャードの全面戦争が始まるわ」

清和のみならずリキや祐まで、楊一族との開戦に踏み切った理由に気づいた。楊一族を壊滅させる千載一遇のチャンスだ。

「楊一族を叩き潰すなら今ですね」

氷川が意味深な目で指摘すると、エリザベスは京劇の舞台役者のように派手に驚いた。

「姐さんは戦争反対の平和主義者なんでしょう。こんな時に狙わないで」

エリザベスは一呼吸置いてから高らかに言い放った。

「眞鍋の二代目が組長の座を追われた時、ギルバートは東京進出を決行しようとしたの。止めたのはリチャードや私よ」

「それがどうした？　ただ単に楊一族でまとまらなかっただけでしょう？」

「ちょっと、平和主義者はどこに行ったの？　そんなに私の美貌が憎たらしいの？　眞鍋のボス、隠れていないで出てきてよ」

ドンドンドンッ、とエリザベスはヒビの入った白い壁を叩いた。すると、鈍い音を立てて、白い壁が動く。

どうやら、隠し扉だ。

眞鍋の昇り龍が虎《とら》と魔女を従え、立っていた。

「お揃いね」

エリザベスがウインクを飛ばすと、祐がにっこり笑いながら対応した。

「エリザベスを人質にして楊一族に取引を持ちかける。頭目はどう出るかな？」

「私を人質にするの？」

「眞鍋に侵入した楊一族の者たちは全員、捕獲した。全員、自分はリチャード派だと言っている」

ドサッ、と宇治が血まみれの楊一族の男をエリザベスの前に転がした。吾郎も腕が外れた楊一族の男を突きだす。

「あぁ、リチャード派の侵入ってことにしたいんでしょう。口を割らないなんてギルバートもいい部下を持っていたのね」

「エリザベス、こいつらがリチャード派であれ、ギルバート派であれ、楊一族であることには変わりない。覚悟してもらおうか」

眞鍋にもメンツがある、と祐が静かな迫力を漲らせると、清和やリキといった男たちの怒気が増した。ショウや宇治、卓といった若い兵隊たちからも激しい怒りが発散される。

「眞鍋のアジトに乗り込んだもの。覚悟はしているわ」

エリザベスはいっさい命乞《いのちご》いしない。

祐が清和とリキに視線で承諾を得た。

始末。

リキが日本刀を手にエリザベスへ近づく。

エリザベスを始末する気なのか。鬼神と恐れられた剣士に迷いは微塵《みじん》も感じられない。

エリザベスを始末したらこれからどうなるのか。

知《し》らず識《し》らずのうちに、氷川の口が動いた。

「リキくん、エリザベスと一緒に台湾に渡ってリチャードと交渉しておいでよ。台湾土産を楽しみにしている」

氷川の言葉で眞鍋の男たちは、いっせいに目を瞠《みは》る。

「姐さん、記憶が戻られて何よりです」

リキは常と同じように淡々としているが、どこか悦《よろこ》んでいるのが伝わってくる。どうも、眞鍋の虎も二代目姐の記憶喪失に騙《だま》されたようだ。

その瞬間、何かが弾けたのか、ショウや宇治、吾郎といった若い精鋭たちの間から野獣の咆吼《ほうこう》が響き渡った。

「……うぉぉぉぉぉぉぉ～うぉんんんんんんん～っ～姐さん～っ」

「……うっ……うぉぉぉぉぉぉぉぉーっ、あ、あ、姐さん……台湾バナナを壊滅させなくてよかったぜっ」

「……ううううう……ババッ、ババババババっ、バナナ～っ、姐さん～っ、バナナ～っ、姐さんの仇《かたき》～バナナ～っ」

氷川は野獣たちの意味不明な遠吠《とおぼ》えに動じたりはしない。満面の笑みを浮かべ、台湾土産をリクエストした。

「……うん、だから、台湾バナナじゃなくて、からすみとか台湾茶とか、楽しみにしている」

「その話は後でじっくり」

「エリザベスを始末するより先に始末しなきゃならない人がいるでしょう」

「どうされました？」

ツカツカツカツカッ、と氷川はリキではなく清和のそばに近寄った。

「清和くん、レモンちゃんはどうなったの？」

氷川の清和に対する第一声に、誰もが一様に呆《あき》れ果《は》てた。ここでそれを言うか、と。どうしてそれなんだ、と。

もっとも、氷川は周囲の呆れ顔など、眼中にない。

「……違うだろう」

清和の未《いま》だかつてない複雑な苛立《いらだ》ちが姉さん女房に向けられる。卓も同じセリフを同じタイミングで呟《つぶや》いた。違うだろう、と。

さすが、と白百合の如《ごと》き核弾頭を称《たた》えたのは祐だ。

「……ぁ、ぁぁぁぁぁぁあ、バナナじゃねぇ、姐さん、俺たちを騙していたんスね？」

ショウや宇治、吾郎に鬼のような顔で詰め寄られ、氷川は一瞬、たじろいだ。

「……騙したつもりはないんだけど」

「二代目の姐さんなのに二代目を忘れたふりをしていたんスね？」

感情が昂《たか》ぶったらしく、野獣化していたショウや宇治、吾郎の目から大粒の涙がポロリと零れる。

チクリ、と氷川の良心が疼《うず》いた。

「……僕も忘れたくはなかったんだけど……そこにバナナがあったから……」

氷川は台湾バナナに責任を押しつけた。

が、台湾バナナに責任は押しつけられなかった。

「俺たちの姐さんなのに俺たちを忘れたふりをしやがったんスね？　あ、あ、あ、核弾頭……核弾頭……ひでぇっス」

ショウの涙混じりの非難の後、卓が切々とした口調で続けた。

「……二代目も俺たちもどれだけ……どんなに苦しかったかおわかりですか……姐さんがいるのに姐さんじゃないなんて……」

突き刺さる非難の矢に、氷川は撃ち抜かれた。

「……ごめ……」

ごめんなさい、と氷川は言いかけて止まった。

謝罪している場合ではない。

謝罪の必要はない。

確固たる信念があった。

「……そんなことは問題じゃないんだ。そんなことは問題じゃないの。今頃、清和くんはレモンちゃんと一緒に横浜にいるって……レモンちゃんと一緒にいるって聞いた……どういうことなの」

むんずっ、と氷川は般若《はんにゃ》の形相《ぎょうそう》で清和の襟首を摑《つか》んだ。

「……おい」

「ステーキハウスで本日四回目の松阪牛《まつさかうし》をレモンちゃんと一緒に食べてから、レモンちゃんと一緒に、一緒に、一緒にっ、一緒に横浜に行ったんだね。横浜で若くて綺麗なレモンちゃんと何をしたの。清和くんのためならなんでもしてあげるレモンちゃんだから、横浜でなんでもしてもらったの。レモンちゃんはステーキハウスで下着をつけていなかったね。どうしてレモンちゃんは下着をつけていなかったの。清和くんがレモンちゃんの下着を脱がせたの？」

氷川はてんこもりに溜《た》まっていた嫉妬心を爆発させた。ぎゅううううううううう、と清和の襟首を絞める手に力が入る。

清和並びに眞鍋組の面々にとっては、どんな爆発物より威力があった。姐さんが復活した、と力なく呟いたのは卓である。

「……違う」

「レモンちゃんが自分から下着を脱いだとでも言うの？」

「ああ」

「どうして止めなかったの」

なぜ、みすみすレモンに下着を脱がせたのか、氷川は腹立たしくてたまらない。その場を想像しかけ、首を振って慌てて打ち消した。

それでも、レモンの媚態《びたい》がちらつく。ステーキハウスのカウンターにいる清和に向かって、レモンは誘惑するようにセクシーな下着を脱いだ。

許せない。

どうしたって許せない。

どんな理由があっても許せない。

我慢していたぶん、氷川の全身の血が逆流した。

「……おい」

清和から発せられる怒気混じりの困惑を氷川は撥《は》ねのけた。グイグイグイグイッ、とさらに清和の襟首を斜めに絞め上げる。

「どうして、バズーカ砲で止めなかったの」

レモンが下着を脱ごうとしたら、武器を駆使してでも阻むべきだった。氷川は年下の亭主の不手際を詰《なじ》る。

清和は不機嫌そうに黙りこくった。

しかし、ショウや宇治、吾郎など、清和の忠実な舎弟たちが代わりとばかりに悲鳴を零した。

「……ひっ」

「……げろげろげっ」

「……うげげげげ」

卓がどこか遠い目で独り言のように呟いた。

「もう少し記憶喪失でいてもらったほうがよかったかな……平和だった……」

卓の言葉に賛同するように祐も軽く頷いた。

「どこにどう飛んでいくかわからない核弾頭だ」

エリザベスは腕組みの体勢で楽しそうに姉さん女房の尻《しり》に敷かれる亭主を眺め、藤堂はいつもと同じように超然と佇《たたず》んでいる。

普段の眞鍋組の光景だ。

台湾バナナから始まる騒動が、まるで何事もなかったかのような。

「清和くんはいったいなんのためにバズーカ砲を持っているの」

氷川は容赦なく清和を問《と》い質《ただ》した。

「……………」

「正当な使い方をしないなら僕に預けなさい」

「……………」

「今後、バズーカ砲は僕が管理する」

そのつもりで、と氷川は血走った目で清和を見据えた。氷川にはバズーカ砲を管理する自信があった。

そう、自信だけがあったのだ。

「いい加減にしろ」

「いい加減にするのは清和くんだよ。どうしてパンツを穿《は》いていないレモンちゃんと一緒に横浜に行ったの？」

「いい加減にしてくれ」

むぎゅっ。

氷川は清和の襟首から手を離し、そのシャープな頬を抓《つね》った。可愛いけれど憎い。愛しいけれど憎い。

「僕の清和くん、どうしてそんな可愛くないことを言うの」

僕に言うセリフじゃない。

氷川は心の底からそう思った。

「…………」

「僕がどんな気持ちでレモンちゃんのパンツを無視したと思うの」

「…………」

「あの時、あの場で僕がレモンちゃんにパンツを穿かせるわけにはいかなかったでしょう。それすらもわからないの」

レモンのパンツが憎い。

憎んでも仕方がないとわかっているが憎い。

「…………」

「そんなにパンツを脱がせたかったら、リキくんのパンツを脱がせばいいでしょう。いくらストイックなリキくんだってパンツぐらい穿いているはずだよ。レモンちゃんのパンツより苦行僧みたいなリキくんのパンツのほうが脱がす価値があるよ。どうして清和くんはリキくんのパンツを脱がせないの」

氷川自身、何を言っているのかまったくわからなかった。清和もヒートアップした姉さん女房に為《な》す術《すべ》もない。

ショウや宇治、吾郎といった若手構成員たちは氷川の爆弾発言に仰天した。

「……ふげっ」

「……リキさんのパンツ」

「……虎にパンツを？　パンツ？」

エリザベスが茶化したように口を挟む。

「眞鍋の虎なら褌《ふんどし》じゃないの？」

相次ぐ核弾頭の爆弾発言に何かが麻痺《まひ》したのか、卓が魂を飛ばしたまま答えた。

「……あ、確かに、リキさんならパンツより褌のほうが似合う」

「眞鍋の昇り龍も褌のほうが似合うわよ」

「……かもな」

「私、眞鍋のボスに褌を締めてあげたい」

褌が世界で一番セクシーだわ、とエリザベスはうっとりとした目つきで宣言した。そう思うでしょう、とエリザベスはショウや宇治にも同意を求める。

ショウや宇治は褌談義には参加しようとしない。もっぱら香港の女狐《めぎつね》の相手は頭脳派幹部候補の卓だ。

「エリザベス、姐さんにバズーカ砲で狙われるからやめろ」

「眞鍋の姐さんにお坊さんは無理ね。ヤクザよりヤクザよ」

「今頃、気づいたのか」

「あの様子ならレモンちゃんとやらはバズーカ砲の餌食《えじき》ね」

「戦争よりやっかいなことになった」

卓とエリザベスの会話を、祐はシニカルな微笑を浮かべて聞いている。終始、リキは苦行僧の如き風情で押し黙っていた。

二代目姐が十歳年下の亭主を責め続ける。

「清和くん、なんとか言いなさい。リキくんはパンツを穿いていないの？」

「………………」

「レモンちゃんのパンツはそんなに魅力的なの？」

「…………」

「レモンちゃんと横浜で何をしたの？　清和くんも横浜でパンツを脱いだの？」

「…………」

「清和くん、レモンちゃんにパンツを脱がされたの？」

誰かが止めなければ延々続くのは間違いない。それは誰もがわかっているのに、誰も止めようとはしない。

「こうなったら二代目は使い物にならない」

卓が惚けた顔で言うと、エリザベスは腕時計で時間を確かめながら言った。

「こんなことをしている間にギルバートは眞鍋と桐嶋にヒットマンを送り込み続けるわ。早く答えをちょうだい」

エリザベスが言った通り、一時を争う事態だ。

卓は祐とリキを交互に眺めた。眞鍋組のトップがかかあ天下に耐えている最中《さなか》、判断を下せるのはリキと祐しかいない。

リキが鉄仮面を被ったまま重たい口を開いた。

「エドワード、命乞いをしないのか？」

今現在、エリザベスの生命権を握っているのは眞鍋組だ。残虐な拷問《ごうもん》を繰り返してから亡骸《なきがら》を楊一族に送りつけることができる。

「リキ、エドワードって呼んじゃ駄目。エリザベスって呼んでよ」

ノーノー、とエリザベスは立てた人差し指を小刻みに振った。リキの泣く子も黙る迫力に怯えたりしない。

「命が惜しくないのか？」

「ここでどんなに泣いて縋《すが》っても、眞鍋が死刑判決を出したら死刑でしょう。命乞いをしても無駄じゃない」

エリザベスは血筋だけで日本支部のトップに就任したのではない。それ相応の実力が備わっているから日本支部を任されたのだ。

「いい度胸だな」

単身で眞鍋第二ビルに乗り込んでくるだけはある、とリキは低い声で称えるように続けた。清和の右腕はエリザベスの手腕を認めている。

「死刑になる前に一度でいいから眞鍋のボスに抱いてほしい」

エリザベスは未だに清和を諦《あきら》めていないようだ。不夜城の覇者を見つめる目はじっとりと濡《ぬ》れている。

「姐さんの前で言うな」

「そんなに姐さんが怖いの？　リキ、虎ともあろうあなたも姐さんが怖いのね？」

エリザベスが驚愕《きょうがく》で目を見開くと、見るに見かねた祐が口を挟んだ。

「エリザベス、眞鍋で姐さんを恐ろしくないと思う男はひとりもいない」

「魔女、あなたも姐さんが怖いの？」

「当たり前だ。姐さんが何をするかわからないから怖い」

「やっぱり、眞鍋のボスは姐さんなのね」

　エリザベスの視線の先、激高した氷川にじっと耐える不夜城の覇者がいた。若手構成員たちは恐怖で下肢を震わせている。楊一族のメンバー相手に臆《おく》することなく戦った勇姿の面影は微塵《みじん》もない。

「眞鍋は二代目組長以下、二代目姐の下僕だ。イジオットの下僕じゃない」

　祐がなんでもないことのようにサラリと言った時、氷川の意識がエリザベスに向かった。

「エリザベス、清和くんのことは諦めてね。清和くんは僕のものだからね。さっさと香港にお帰り」

「だから、香港はクレイジーなギルバートが仕切っているから帰れないのよ」

「眞鍋は楊一族と戦争しない。イジオットの支配下にも入らない。祐くんとリキくん、藤堂さん、平和的な解決をしましょう」

　以上です、と氷川は意志の強い目できっぱりと言い切った。その白い手は清和のネクタイを摑んでいる。

祐が眞鍋組の代表として口火を切った。

「今までの楊一族の眞鍋に対するすべての攻撃が、ギルバートの命令によるものだと判明した。ギルバートを許すわけにはいかない」

「魔女、気が合うわね。リチャードと私もギルバートは許せないの」

「香港の女狐、今後のリチャード次第でリチャードを援助してもいい」

「リチャードは眞鍋と桐嶋のシマには手を出さない。イジオットのシマにも手は出さないわ」

相互不可侵条約を結びましょう、とエリザベスは祐と藤堂に視線で訴えかけた。

承知。

祐並びにリキ、藤堂も瞬時に相互不可侵条約に賛同する。

「藤堂さん、イジオットをちゃんと抑え込んでね。ここでイジオットに暴れられたら元も子もないのよ」

エリザベスは釘《くぎ》を刺すかのように藤堂に言い放った。

「エリザベス、俺はウラジーミルなら抑えられるが、イジオットのボスは抑えられない」

藤堂はイジオットが一枚岩でないことを明かした。

楊一族の長男と次男のように、いずれイジオットでは父親と息子の戦いが勃発《ぼっぱつ》するに違いない。藤堂の涼やかな目が迫り来る凄絶な骨肉の争いを告げている。

「当面の間、ウラジーミルを抑えてくれたらいいわ。イジオットで一番手に負えない冬将軍が皇太子ですもの」

エリザベスと藤堂と祐、それぞれ一筋縄ではいかない戦士の間で交渉が成立した。清和やリキも異論は唱えない。

当然、氷川は平和的な解決にほっと胸を撫で下ろす。

「それでいい。もう戦争なんてしちゃ駄目だよ」

氷川は切々とした調子で言うと、それまで無言だった桐嶋がベッドから口を挟んだ。

「姐さん、これでもう二度と記憶喪失のふりはやめてぇな。眞鍋の色男が可哀相でおちおちくたばっておれへんかったわ」

桐嶋の言葉を聞いた途端、清和を筆頭にその場にいた若手構成員たちの非難の目が氷川に集中した。彼らは氷川が記憶をなくしたと信じ切っていたのだ。

「そんなの、清和くんが悪い」

氷川は堂々と言い返してから、清和のネクタイを思い切り引っ張った。

「姐さん、そりゃないやろ。姐さんに綺麗さっぱり忘れられてどんだけショックやと思うんや。ショウちんも卓ちんも吾郎ちんも宇治坊も咽《むせ》び泣《な》いてたで」

桐嶋になんと言われようとも、氷川に良心の呵責《かしゃく》はない。

「ああでもしないと楊一族との全面戦争になっていた」

グイグイッ、と氷川は清和のネクタイを引っ張ってから祐を見つめた。

「祐くんは演技だって気づいていたよね」

「姐さんにはアカデミー主演女優賞を授けたくなりましたが、どうして演技だと二代目や卓が気づかないのか……リキさんまで騙されていましたから……俺は眞鍋の行く末に不安を感じました」

なんで気づかない、と祐は不夜城に彗星《すいせい》の如く現れた龍虎《りゅうこ》コンビを見据える。次いで、頭脳派幹部候補の卓も。

「祐くん、丸く収めてね。リチャードと仲良くしたからって、ギルバートと派手な戦争をしたら駄目だよ」

誰の血であれ、一滴も流させたくない。

「承知しました。俺が台湾にエリザベスと乗り込み、リチャードと直《ちょく》に交渉します」

祐が甘い声で言うや否や、エリザベスが握手を求めて手を差しだした。癖のある者同士、がっちりと握手する。

ひとまず、これでカタはついた。

これで静まったはずなのだが。

まだまだ氷川の嫉妬心は燃え盛っている。

「……で、それで、清和くん、レモンちゃんとはどうなったの？」

グイグイグイッ、と氷川は清和のネクタイを右に左に引っ張る。

清和の表情はさして変わらないが、周りにいるショウや宇治、吾郎や卓の顔が無間地獄《むげんじごく》の亡者と化した。

「いい加減にしろ」

「いい加減にするのは清和くんだよ。レモンちゃんはどこにいるの？　バズーカ砲はどこにあるの？　レモンちゃんのパンツはどこ？」

「落ち着け」

「僕は落ち着いているーっ」

氷川の噴火した嫉妬という火山は一向に鎮まる気配がない。氷川自身、自分で自分をコントロールすることができなくなった。

「姐さん先生、うるせぇ、こんなところで痴話喧嘩《ちわげんか》せず、布団の中で痴話喧嘩しろっ」

診察台の下で寝ていた木村から酒瓶が投げられる。それでようやく、氷川は正気を取り戻した。

いつの間にか、周りにいたはずのリキや祐、ショウなど、眞鍋組の兵隊がひとりもいないし、牡丹のようなエリザベスもいない。

「……あれ？」

氷川がきょとんとした面持ちで首を傾《かし》げた時、足が地面から離れた。なんのことはない、清和に抱き上げられたのだ。

「行くぞ」

天と地がひっくり返っても、清和は口では姉さん女房には敵《かな》わない。とうとう腕力に訴えたのだ。

氷川もジタバタせず、年下の亭主に抱かれ、そのまま運ばれた。

6

嫉妬《しっと》という火山は爆発し続けている。レモンという火山より、涼子《りょうこ》という火山のほうが腹立たしい。

「清和《せいわ》くん、レモンちゃんだけじゃない。涼子さんはどうなったの？」

橘高《きったか》の兄貴分の令嬢が、眞鍋《まなべ》組の二代目姐《あね》として清和のプライベートルームに乗り込んできた。テーブルにはお洒落《しゃれ》で美味《おい》しそうな朝食が並んでいたのだ。

「………………」

「涼子さんは二代目姐だってね」

氷川《ひかわ》のガラス玉のように綺麗《きれい》な目がきつくなると同時に潤む。相反する感情が渦巻いているのだ。

「……祐《たすく》が」

祐が勝手にやりやがった、と清和の鋭敏な目は雄弁に語っている。

「涼子さんが二代目姐として清和くんと一緒に暮らすんだって……僕は手切れ金を押しつけられそうになった……受け取っていないからね……あんなお金を受け取ったら最後だ……」

いくら積まれても愛《いと》しい男を譲る気はない。

「…………」

「もう僕の居場所はないの？」

清和の腕によって運ばれた部屋は、ふたりで暮らしていた眞鍋第三ビルのプライベートルームではない。つい先ほどまでいた眞鍋第二ビルの豪華な部屋だ。ポイントになるところに、香りのいい純白のカサブランカが飾られている。

「…………」

「あの部屋には今でも涼子さんがいるの？」

涼子がキッチンで清和のための夕食を作っているかもしれない。氷川の楚々《そそ》とした美貌《びぼう》が醜悪に歪《ゆが》む。

「…………」

「涼子さんとあの部屋で暮らすの？」

「……いや」

清和は氷川を抱いたまま、猫脚のソファに腰を下ろした。

テーブルには可愛《かわい》い天使の花瓶にカサブランカが飾られ、マイセンの磁器にはお約束のように台湾バナナが盛られている。コーナーテーブルにはブルゴーニュ産の赤ワインとハンガリー産のトカイワインが用意されていた。

「じゃあ、どうしてふたりの部屋に帰らないの？」

「…………」

清和の反応を見れば、どのような状態か推測できる。ふたりで暮らしていた最上階には、涼子が居座っているのだろう。

「涼子さんがいるんだね？」

清和は顰《しか》めっ面《つら》で視線を逸《そ》らす。

グイッ、と氷川は清和の頬《ほお》を手で挟んで自分のほうを向かせた。

「涼子さんが清和くんのお嫁さんとしてあの部屋で暮らすの？　涼子さんが作った朝食はお洒落カフェの料理みたいだったよ？　清和くんも若いからそういうお洒落カフェご飯がいいのかな？」

「…………」

「涼子さんが作る洋風の朝食は見栄《みば》えはいいけれど、カロリーが高いし、乳製品が多く使われているし、農耕民族だった日本人の身体《からだ》には合わないんだ」

「…………」

「清和くん、何か言ってーっ」

氷川がヒステリックに叫ぶと、清和は渋面《じゅうめん》でポツリと言った。

「二度と俺を忘れたふりなんてするな」

本当に忘れられたと思った。

苦しかった。

辛《つら》かった。

悲しかった。

そんな清和の狂おしいほどの感情が、氷川にひしひしと伝わってくる。愛しい男は未《いま》だにショックの余韻を引き摺《ず》っているようだ。

けれど、氷川に後悔の念はない。

「そんなの、楊《よう》一族と戦争しようとする清和くんが悪い」

「俺を忘れるな」

清和の腹から絞りだしたような声に、氷川は花が咲いたような笑顔で応じた。

「僕が清和くんを忘れるわけないでしょう」

チュッ。

氷川は清和の顎先《あごさき》にキスをする。

それでも、清和の雰囲気は和らがない。

「……俺を忘れた」

「忘れたふりをしただけ」

誰が忘れてやるものか、と氷川は清和のシャープな頬を優しく撫《な》でる。可愛くてたまらない男だ。

「二度とやるな」

「じゃあ、戦争は二度としないで」

「…………」

「どうして黙るの」

カプッ。

氷川は清和の顎先を軽く噛《か》んだ。

「…………」

「清和くんだって戦争は嫌いでしょう」

苛烈《かれつ》な極道と巷《ちまた》では恐れられているが、好き好んで抗争に飛び込んでいるわけではない。氷川はそう信じている。

「…………」

「嫌いなくせに」

姐さんのダーリンは根っからのヤクザや、ヤクザのヤクザや、という桐嶋《きりしま》の言葉が脳裏に蘇《よみがえ》ったものの無視する。

「…………」

「僕も戦争は嫌いだけど、涼子さんとの戦争は避けられない。僕、頑張るから……」

氷川の言葉を遮るように、清和は地を這《は》うような声で言った。

「やめろ」

ピリピリピリッ、としたものが清和から発せられる。

「やめろ？　どういうこと？　涼子さんを二代目姐として置いておくの？」

なぜ、涼子との対決を阻止《そし》するのか、日本人形のような面差しに闇《やみ》が走る。こちらは覚悟を決めているというのに。

「違う」

「じゃあ、どうしてやめろ？　戦争でもしない限り、涼子さんは僕らの部屋から出ていかないよね？」

「祐に責任を取らせろ」

涼子を呼んだ祐に任せるのは一理あるが。

「祐くんはエリザベスと一緒に台湾《タイワン》に飛んだんでしょう」

ギルバートの攻勢を考慮し、あのまま祐はエリザベスとともに台湾へ飛んだ。眞鍋のシマどころか東京にもいない。

「あいつのことだからすぐに戻る」

「祐くん、ハードな毎日を送っているんでしょう。台湾に行く暇がないのに台湾に行ったら、体調を崩して入院するかもしれない」

魔女の唯一人間らしいところは体力がないことだ。無理に無茶を重ねたら、倒れるのは目に見えている。

「……リキが」

リキに涼子さんの説得は無理だ。何より、リキはどんな時であれ、清和のプライベートにはタッチしない。

「リキくんはこういうことには力を貸してくれない。涼子さんのことは僕が対処しないと誰もしてくれないよ」

「卓《すぐる》」

いくら頭脳派幹部候補とはいえ、祐にはまだまだ遠く及ばない。まずもって、涼子に退却させられる。

「卓くんでも太刀打ちできないと思う」

「ショウや宇治《うじ》」

「ショウくんと宇治くん？　僕を揶揄《からか》っているの？」

単純単細胞アメーバと武闘派幹部候補では、涼子に丸め込まれるに決まっている。下手《へた》をしたら、涼子の送迎係や護衛係はショウと宇治だ。

「祐が帰るまで待て」

魔女という振りだしに戻った。

「清和くん、バズーカ砲はどこにあるの？」

氷川の脳裏には最高に威力のある武器がインプットされている。

「…………」

「いくら涼子さんでもバズーカ砲を見たら思い直してくれると思うんだ」

僕の覚悟を見せる。

涼子にはそこまでの覚悟はないはずだ。

「やめろ」

「僕、眞鍋第三ビルを爆破したくないんだ」

最終手段は手製の爆発物だ。涼子がプライベートルームを占拠し続けるのならば、ビルごと破壊するしかないかもしれない。涼子をどんな嘘《うそ》でビルの外に誘いだすか、氷川はあの手この手を考えた。

「やめてくれ」

「僕には負けられない戦いがあるんだ」

眞鍋第三ビルに爆弾が仕掛けられたから避難してください、って涼子さんを部屋から誘いだすしかない。

卓くんに頼もうか。

氷川の脳裏にはプライベートルーム奪還のシナリオが完成しつつある。

「………」

「僕が勝つ。絶対に清和くんを渡さない」

いくら涼子でも目の前で眞鍋第三ビルが倒壊したら考えるはずだ。実家に帰らなければ、無理やりにでも帰らせる。要は第三ビル跡地をこちらが奪還すればいい。

「………」

「清和くんは僕のものだ」

「ああ」

清和が氷川の望んだ返事をくれた。

いい子、とばかりに氷川は清和の引き締まった唇にキスを落とす。愛しい男の唇は冷たいようで優しい。

「涼子さんのパンツを脱がせたの？」

涼子も清和相手ならば嬉々《きき》として身体を開くだろう。

「いや」

「涼子さんのパンツはやめたんだね」

「………」

「……え？　涼子さんも自分からパンツを脱いだの？」

「………」

「清和くん、涼子さんの前でパンツを脱いだの？」

涼子さんなら搦《から》め手《て》で清和くんのパンツを脱がすかもしれない、と氷川は清和のズボンのベルトを外した。

物凄《ものすご》い勢いで清和のズボンの前を開く。

「……清和くん、このパンツは誰に穿《は》かせてもらったの？」

清和は見覚えのない下着を身につけていた。

「……自分」

「本当に自分で穿いたの？」

「ああ」

ぶわっ、とおむつをいやがる清和が眼底を過《よ》ぎった。おむつを拒否して飛び跳ねる清和は、凶悪なテロ犯より凶悪だったものだ。

「いつの間にそんなことができるようになったの」

「…………」

「……あ、そうか、もう大きいんだ」

清和はおむつを卒業した堂々たる美丈夫《びじょうぶ》だ。自分でなんでもできる。けれど、氷川はなんでもしてやりたくなる。

「…………」

「涼子さんに脱がされて、涼子さんに穿かせてもらったんじゃないの?」

氷川は清和の下着を脱がせ、清和に新しい下着を穿かせたい。不器用な幼馴染《おさななじ》みが可愛くて仕方がないのだ。

「違う」

「清和くんがパンツを脱ぐのは僕の前だけだよ」

氷川は優しい手つきで清和の分身を取りだした。

すでに子供ではない。

雄々しい男の象徴だ。

「ああ」

「いい子だから僕だけ見てね」

氷川は握った清和の分身に向かって感情たっぷりに言った。

「…………」

「僕ひとりで我慢してね」

指の腹で清和の分身を弾《はじ》いた。

「…………」

清和の顔に感情は出ていないが、氷川が手にしている分身は違う。あっという間に、脈を打ちながら成長した。

「……あ、大きくなった」

大人になった証明だ。

「清和くんが大きくなるのは僕の前だけだよ」

氷川は真剣な目で膨張した清和の分身に言い聞かせる。納得してもらうまで懇々と諭すつもりだ。

「………」

「清和くん、僕が記憶喪失になって寂しかった?」

氷川が清和の分身に尋ねると、これ以上大きくならないと思っていたものがさらに膨れ上がった。いったいどこまで膨張するのか。

こんな状態になったら苦しいだろうに、清和は決して氷川の身体を求めようとはしない。圧倒的に負担の大きい氷川の身体を考慮しているのだ。

「僕が欲しい?」

「………」

氷川が甘い声で尋ねると、清和はふいっ、と視線を逸らした。

「どうして僕から目を逸らすの」

「煽《あお》るな」

「いいよ」

「……身体は？」

清和はくぐもった声で確かめるように尋ねる。

「大丈夫だよ」

「…………」

前回は悪かった、俺を思いださないから頭に血が上った、という清和の心の中の叫びが氷川に届いた。

「……前みたいにあんないやらしいのはやめてね」

氷川は掠《かす》れた声で釘《くぎ》を刺す。

「…………」

「節度を守って……節度を守ってくれたらいいよ……」

「…………」

「おいで」

「……いいのか？」

「うん。僕は清和くんのものだから」

氷川が聖母マリアのように微笑《ほほえ》むと、清和の切れ長の目が細められた。獰猛《どうもう》な男性フェロモンが発散される。

「文句を言うな」

清和の手が氷川の身体に伸びてくる。ネクタイを引き抜かれ、シャツのボタンを外され、下肢も一気に晒《さら》された。

「……清和くん、いやらしいことは駄目だからね。あんまりいやらしいことをされたら本当に僕はおかしくなってしまう」

清和に見つめられただけで、氷川の肌には喩《たと》えようのない快感が走る。理性の皮が一枚ずつ剝《は》がされていくような感じだ。

「…………」

「…………」

「僕、清和くんに抱かれておかしくなった」

俺はお前を抱いておかしくなった、と清和が自嘲《じちょう》気味《ぎみ》に零《こぼ》しているような気がしないでもない。

「清和くん、大好きだよ」

氷川がストレートに愛を告げる。

けれども、照れ屋の男はなんの言葉も返してくれない。ただただその目と指で情熱的な愛を語る。

「……あ、清和くん、いきなりそんなところ」

身体の最奥《さいおう》に清和の指を感じ、氷川は下肢をガクガク震わせた。早くも目は潤み、頬は薔薇色《ばらいろ》に染まっている。

「……………」

清和の長い指が意地悪く蠢《うごめ》き、氷川の全身がカッ、と熱くなった。氷川本人の意思を裏切り、腰がくねくねとくねる。

「……あ……清和くん……駄目……」

「……………」

「……そ、そんなところを……そんなふうに……駄目だよ……いい子だから……やめて……」

清和の分身と同じように、氷川の分身も熱くなっている。どうしたって、男の性衝動は隠しようがない。口では拒みつつ、氷川の身体は清和の手管を悦《よろこ》んでいる。悦びすぎているのかもしれない。

「……………」

「……や、やめなくてもいいけど……いいけど……」

「……………」

「清和くん、怒っているの？」

氷川が潤んだ目で尋ねると、清和は無言で答えた。それでも、氷川の身体を追い上げる指の動きは止まらない。

「……ど、どうしてそんなに怒るの？」

「……おい」

グイッ、とその一点を衝《つ》かれ、氷川ははばかりのない声を上げた。

「……やぁーっ」

いったいどこからこんな声を出したの、と氷川は自分で自分が発した声に仰天し、手で口を塞《ふさ》ぐ。

もっとも、そんな姿は若い男を煽ったらしい。

氷川の身体を責め立てる清和の指が二本に増やされた。

「……や……やっ……や……」

氷川が腰を引きかけたが、凄《すさ》まじい力で引き戻される。そのうえ、肉壁を拡《ひろ》げる清和の指が三本に増えた。

「……………」

「……も、もう……もう……駄目……」

氷川は必死になって僅《わず》かな理性を掻《か》き集《あつ》めるが、脳天が痺《しび》れ、あらぬ言葉を口走ってしまいそうだ。

「…………」

「……も、もう……おいで……」

苦しいぐらいの情欲に苛《さいな》まれているのは氷川ひとりではない。清和にしてもその分身は今にも破裂しそうだというのに、一向に動こうとはしない。

「………」

「おいで」

早く、早く、早くっ、と氷川は艶混《つやま》じりの声で年下の男を急《せ》かした。これ以上、耐えられそうにない。

「二度と俺を忘れるな」

清和の地を這うような低い声が、氷川の魂と下肢を直撃する。

抗争を止めるため、記憶喪失を装ったことに関し、後悔はいっさいない。今も良心の呵《か》責《しゃく》はない。

が、知らず識らずのうちに舌が動いた。

「……ごめん」

僕は悪くない。

今でも僕は悪くないと思う。

氷川の口と心中は一致しない。

「……よくも俺を忘れたな」

「……だから、忘れたふり……ふりをしただけ……やぁっ……」

肉壁を抉《えぐ》る指が四本に増やされ、とんでもなく卑猥《ひわい》な動きをする。氷川の身体はさらなる刺激と快感を切望していた。

もはや指では我慢できない。

「ふりでも……」

ふりでも許せない、と清和の鋭敏な目は如実《にょじつ》に語っている。十歳年上の姉さん女房を一《いち》途《ず》に愛する男の狂おしいまでの真意だ。

「……ごめん……諒《りょう》兄ちゃんが悪かった……」

謝るしかない。

年下の亭主に謝って宥《なだ》めるしかない。

氷川はとうとう心の中で白旗を掲げた。

それと同時に年下の亭主の情熱的でいて一途な愛を改めて実感した。そこまで僕は愛されているんだ、と。

「…………」

「……諒兄ちゃんが悪かった……もう許して……」

清和の激しい愛を噛み締めれば、身体の熱さも増し、秘穴が疼《うず》く。一刻も早く、愛しい男を迎えたい。

「…………」

「……いい子……いい子だから……もう……僕の中においで……」

「…………」

「僕とひとつになろう」

艶《なま》めかしい氷川の痴態に負けたらしく、清和は悔しそうに低く呻《うめ》いた。そうして、のっそりと動いた。

ふたりの時間はこれからだ。

氷川は身体で清和の鬱憤《うっぷん》を晴らされる羽目になった。

7

翌日、氷川《ひかわ》は眞鍋《まなべ》第二ビルの豪華絢爛《ごうかけんらん》な部屋から勤務先に向かった。涼子《りょうこ》のことで送迎係のショウを締め上げても無駄だ。

「魔女に言ってくれっス」

ショウの涙混じりのセリフは決まっている。

「祐《たすく》くんはまだ台湾《タイワン》から帰らないの？」

日本と台湾はそんなに遠く離れていない。その気になれば、日帰りで小籠包《ショーロンポー》が食べられると聞いた。

「姐《あね》さん、昨日の夜のことっスよ」

「魔女なら箒《ほうき》に乗って台湾まで飛びそうだけど」

さっさとリチャードとの交渉をまとめて戻ってこい、と氷川は送迎用のメルセデス・ベンツから台湾に念を送る。

「魔女、台湾から戻らないでほしいっス」

「どうして？」

「姐さんの記憶喪失が嘘《うそ》だってなんで気づかないのか、って魔女が怒りやがって、再教育とかぬかしやがったんスよ」

ショウの恨みがましい言葉を、氷川は澄まし顔で無視した。

どうやら、眞鍋組関係者で氷川の演技に気づいたのは、祐ひとりだったらしい。そのほか、藤堂《とうどう》や桐嶋《きりしま》、木村《きむら》といったところだろうか。

リキくんやサメくんまで騙《だま》せたんなら僕の演技力はすごい、と氷川は自分の演技力に自信を持った。

そうこうしているうちに、豊かな緑に覆われた白い建物が見えてくる。

「ショウくん、ここでいいよ。ありがとう」

氷川は草木が生い茂った空き地で降り、徒歩で職場に向かった。澄み渡る青空に白い雲が浮かんでいる。

頬《ほお》を撫《な》でる風が最高に心地よい。

もし、楊《よう》一族との抗争中だったら、涼やかな風でも苦しく感じただろう。氷川は軽い足取りでスタッフ専用の出入り口から院内に進んだ。

「おはようございます」

院内は呆《あき》れを通り越して感心するくらいなんの変哲もない。常連患者たちによる井戸端会議もいつものことだ。

氷川は平和的な日常を噛《か》み締《し》めた。

氷川は何事もなく仕事を終え、ショウが運転する黒塗りのメルセデスで眞鍋組が牛耳《ぎゅうじ》る街に帰る。

けれども、ショウが車を停《と》めたのは眞鍋第三ビルの駐車場ではなくて眞鍋第二ビルの駐車場だった。宇治《うじ》や吾郎《ごろう》、卓《すぐる》といった清和《せいわ》の舎弟たちが起立の姿勢で並んでいる。

「ショウくん、まだ涼子さんは僕と清和くんの部屋に居座っているんだね？」

氷川の声に自然と怒気が混じる。

「姐さん、魔女に言ってくれっス」

ショウは哺乳類《ほにゅうるい》とは思えない顔を晒《さら》しつつ、氷川のためにドアを開けた。

「ひょっとして、あの部屋は僕と清和くんの部屋じゃなくて、涼子さんと清和くんの部屋になったの？」

氷川は嫌みっぽく言ってから、メルセデス・ベンツを降りる。

宇治や吾郎、卓といった若手構成員が姿勢を正してから頭を下げた。二代目姐を出迎える構成員の態度だ。

「魔女に言ってくれっス」

「僕は第三ビルの部屋がいい」

「魔女に言ってくれっス」

ショウに先導されるがまま、氷川はエレベーターに乗り込んだ。宇治や吾郎、卓もガードするように続く。

「僕が涼子さんに掛け合う」

「魔女に言ってくれっス」

「バズーカ砲を貸して」

清和のみならず幹部に信頼されているショウならば、バズーカ砲の在《あ》り処《か》を知っているはずだ。

「魔女に言ってくれっス」

ショウが地獄に落ちた両生類の形相《ぎょうそう》で言った時、チン、という音を立ててエレベーターが止まった。氷川の周りからいくつもの溜《た》め息《いき》が漏れる。

ショウが逃げるようにエレベーターから勢いよく出る。

氷川もショウの広い背中を追った。

「魔女に言ってくれ、っていうセリフは禁止します。それ以外の返答をしなさい」

魔女は免罪符にはならない。

「記憶喪失のふりをした姐さんが悪いっス」

ショウが恨みがましい顔で言うと、傍らにいた宇治や吾郎も同意するように頷《うなず》いた。非難の矢が氷川に向けて放たれる。

もちろん、氷川は矢を躱《かわ》す。

「僕は悪くない」

「今回、一番悪いのは姐さんっス」

ショウに人差し指で指されたが、氷川はあっけらかんと返した。

「どこが？」

「姐さん、自覚がねぇんスか？」

ショウがいきり立った時、信司《しんじ》が巨大なカサブランカのアレンジメントの向こう側から手招きをした。

「姐さん、祐さんからさっそく台湾土産が届きました」

信司のセリフに氷川は目を丸くした。

「……え？　もう？」

「すごいですよ。姐さんが好きなものばかりです」

「肝心の祐くんは？」

祐が帰国したのならば話が早い。一刻も早く、眞鍋第三ビルの最上階にいると思われる涼子を排除してほしい。

「まだ台湾です。エリザベスと一緒に縁結びで有名な神社にお参りしたそうです」

信司の口から祐にそぐわない言葉を聞いた。

「縁結び？」

「縁結びの月下老人っていう神様を祀《まつ》る神社です」

「だから、あの祐くんが縁結び？」

魔女の縁結び祈願に驚いた。

が、それ以上に驚愕《きょうがく》した。

山だ。

目の前に高く積まれた黄色の山だ。

一瞬、自分の目がおかしくなったのかと思った。

けれども、目に異常はない。

目の前にはバナナ色に染まった山がある。それもひとつやふたつの山ではない。雄大な山脈だ。

「……バ、バナナ？」

「はい。姐さんの大好きな台湾バナナです。祐さんは姐さんのために真っ先に手配したそうです。祐さんが怖いのでちゃんと食べてあげてください」

またバナナだ。

それも台湾バナナだ。

氷川は台湾バナナの山脈に呆然《ぼうぜん》とした。

「台湾バナナばかりこんなに……いったい何房あるの……数えられないくらいあるよね……」

「姐さん、これだけあれば毎日十本食べても当分の間は保《も》ちますよ」

毎日、バナナを十本も食べろというのか。一本でもそのうち飽きるのではないか。氷川の白い頬が引《ひ》き攣《つ》りまくる。

「台湾から送られてきたのは台湾バナナだけ？」

「姐さんが一番好きなものにしたそうです」

信司は台湾バナナを抱え、満面の笑みを浮かべた。

「……台湾バナナばかりこんなに……マンゴーとかスターフルーツとかドラゴンフルーツとか……からすみとか鉄観音茶とか茉莉花茶《ジャスミンちゃ》とかプーアール茶とかお茶の実油とかパイナップル酢……台湾にはたくさんあるのに……薬膳鍋《やくぜんなべ》の素が欲しかったな……」

魔女の意趣返しだ。いやがらせの台湾バナナ山脈だとわかっている。わかりきっているから苛《いら》立《だ》つ。

いや、こんなことぐらいでイライラしていられない。氷川には涼子という由々しき敵がいるのだから。

「ショウくん、宇治くん、吾郎くん、卓くん、信司くん、君たち眞鍋組の皆さんはこれから毎日、台湾バナナ三本、食べてください。ノルマです」

氷川は台湾バナナの山脈を眞鍋組構成員に委ねた。

「姐さん、魔女が怖いんで勘弁してください」

卓が青い顔で拒むが、氷川は構っていられない。

「台湾バナナより涼子さんの件です。僕が交渉しますから邪魔しないでください」

「姐さん、それだけはやめてください」

「第三ビルに行きます」

「魔女が……祐さんが帰ってくるまで待ってください」

「涼子さんの件、僕が処理しなければならないのでしょう」

台湾バナナ山脈の前、氷川は眞鍋組の精鋭たちとやりあった。どちらも折れない。押し問答はいつまでも続く。


翌日も同じような日だった。

判で押したような勤務先に、涼子に居座られた眞鍋第三ビルの最上階、新たに台湾から贈られてきた台湾バナナの山。

「……また？　また、台湾バナナが贈られてきたの？」

台湾バナナの山脈が増えた。氷川が呆気《あっけ》に取られたが、卓やショウ、宇治といった若手構成員たちは魔女の贈り物に震えている。

「……魔女の呪《のろ》いが込められたバナナだ」

「魔女バナナは一口でも食ったらヤバいぜ」

「バナナが怖い……じゃねぇ魔女バナナが……」

台湾バナナの山脈には圧倒されるが、だからといって、涼子に比べたらなんでもない。

氷川は台湾バナナの壁を無視した。

「怖いのはバナナじゃない。涼子さんです。今日こそ、涼子さんを追いだします」

氷川は台湾バナナの皮を剝《む》きながら、黒目がちの綺麗《きれい》な目に闘志を燃やした。背後には火柱も立つ。

「姐さん、魔女が戻ってくるまで待ってくれっス」

「のんびりしている暇はない。早く追いださないと、根を張られてしまう」

「姐さんが全部悪いんスよ」

「僕は悪くない」

氷川は胸を張って宣言すると、ショウの口に台湾バナナを突っ込んだ。

「……あ、姐さん……」

ショウは台湾バナナ攻撃に涙を浮かべる。

「涼子さん、しぶとそうだからね」

氷川は台湾バナナ山脈の前で、清和の舎弟たちと実りのない言い合いをした。例によって、なんの解決も見なかった。

何が起こっているのか定かではないが、清和は一度も顔を出さなかった。

そんな日が七日続く。

毎日、台湾の祐のみならず交渉相手のリチャードからも台湾バナナの山が届いた。それゆえ、眞鍋第二ビルは台湾バナナの倉庫と化した。

「おとなしく魔女を待っている場合じゃない。今日こそ、僕は涼子さんと話し合う」

氷川は何度目かわからない決意表明をした。

「姐さん、涼子さんよりバナナの山をなんとかしてくれっス」

台湾バナナ山脈はなだらかなカーブを描き、どこまでも果てしなく続いていた。腐りかけてきたバナナもある。

「だから、眞鍋のみんなで食べてね、って言ったでしょう」

「魔女バナナは食えねぇっス」

祐への恐怖が浸透しているからか、氷川に贈られた台湾バナナを食べようという強者《つわもの》はいない。

「ショウくんなら食べることができる。大好きなギョーザだと思って食べなさい」

台湾バナナとギョーザは似ても似つかないが、人には想像力というものがある。ポンッ、と氷川はショウの肩をバナナで叩《たた》いた。

「魔女バナナはギョーザじゃねぇっス」

「確かに、このままだとバナナが腐っちゃうね。食べ物を粗末にしたら罰が当たるんだ」

黒い斑点《はんてん》が出たバナナの周りを虫が飛んでいる。このまま台湾バナナの山を放置すれば、眞鍋第二ビルは虫の館になるだろう。

「コンクリート履かせて海に沈めるしか手はねぇっス」

ショウの言葉に呼応するように、宇治がコンクリートの手配をしようとした。卓が虚《うつ》ろな目で止める。

「不法投棄は犯罪……あ、そうだ、この手があった」

魔女バナナを眞鍋組構成員が食べることができないのならば、ほかの人々に食べてもらえばいい。

「姐さん？　海が駄目なら山っスか？　どこかの山に？」

「バナナ屋さんを開こう」

「……へっ？　バナナ屋？」

「ほら、バナナの叩き売り」

う〜んと安くしたら売れるよ、と氷川はバナナ屋をオープンさせる決意を固めた。利益は必要ない。ただただ台湾バナナを無駄にしなければいい。

「……あ、あ、あ、あ、姐さん？　バナナの叩き売り？」

怖いもの知らずの鉄砲玉の口がポカンと開いている。宇治の口も卓の口も大きく開いたまま閉じない。

ただひとり、摩訶不思議《まかふしぎ》の冠を被《かぶ》る信司はバナナ屋に賛同してくれた。

「姐さん、グッドなアイデアです。ちょうど桐嶋組のシマでお祭りがあります。バナナの屋台を出しましょう」

「桐嶋さんのところのお祭り？」

桐嶋は自身が統《す》べる街のためにいろいろと尽力している。桐嶋組のシマの住人から支持される一因だ。

「お祭りの屋台だからチョコバナナにしませんか？」

「そうだね。桐嶋さんのところのお祭りなら無料でバナナをあげたいな」

「桐嶋組長に話を通してきます」

タイミングよくというか、いつの間にか、石化したショウや宇治の後ろに桐嶋が立っていた。傍《かたわ》らには白いスーツ姿の藤堂がいる。

「桐嶋さん、もう歩いて大丈夫なの？」

今でも桐嶋には包帯が巻かれている。

「姐さん、勘弁してぇな。カズが木村先生の手先になって俺をベッドにくくりつけたんや。いけずやろ」

桐嶋は消毒液の匂《にお》いがするベッドでじっとしているタイプではない。さしもの藤堂も手こずっただろう。

「絶対安静」

「もう見ての通り、ピンピンしてまっせ」

桐嶋は包帯が巻かれた腕を振り回した後、意気揚々と言い放った。

「姐さん、うちの祭りに参加してくださるんでっか？」

「うん、無料で台湾バナナを配らせて」

氷川が弾んだ声で頼むと、桐嶋は嬉《うれ》しそうに頬を緩ませた。

「ほかの屋台の手前、無料はあかんのや。激安チョコバナナの屋台でお願いや。今回の屋台にチョコバナナがあらへんかったから寂しかったんや」

「そうと決まればバナナが腐らないうちに」

かくして、氷川の一声により、眞鍋組の精鋭たちは屋台でチョコバナナを作って売る羽目になった。

それぞれ、桐嶋が用意した半被《はっぴ》に袖《そで》を通し、ハチマキを巻く。

「……な、なんでチョコバナナ」

宇治が虚ろな目で零《こぼ》すと、桐嶋が高らかに笑った。

「そんなん、よう考えや。眞鍋寺やら記憶喪失やら涼子ちゃんバズーカ砲攻撃より、チョコバナナの屋台のほうがずっとマシやんか」

桐嶋の含蓄ある言葉に、眞鍋の精鋭たちは納得した。

「……そ、そうですね。眞鍋寺よりバナナの屋台のほうが何倍もマシです」

「バナナの皮で記憶喪失よりチョコバナナ屋台がいい」

「姐さんにバズーカ砲を持ちだされたり、特製の爆弾をぶっ放されたり……姐さん核弾頭地獄に比べたらチョコバナナ屋台は天国だ」

清和の舎弟たちは一丸となってチョコバナナ屋台のハチマキ兄ちゃんになった。

まず、卓と吾郎がバナナの皮を剝いて串《くし》を刺す。宇治がバナナをチョコレート液につける。チョコレートでコーティングされたバナナを台に刺して並べる。

ショウと信司が大声を張り上げて客を呼び込んだ。その手には即席で作ったハリセンが握られている。

「らっしゃいらっしゃい、ただの台湾バナナじゃないぜ。世にも稀《まれ》な魔女バナナだぜっ」

「今日だけ、大サービスで激安なのは魔女バナナだからだよ。さぁ、食べないと損するよ。魔女バナナなんて食べたくないけど、食べたくても食べられないから」

呼び込みの威勢のよさと安い価格に釣られ、あっという間に客の列ができる。魔女バナナ、とはなかなか客のハートを摑《つか》むネーミングだ。

氷川も呼び込み担当だ。

「は〜い、いらっしゃい。とっても美味《おい》しいチョコバナナですよ」

氷川が優しい笑顔で呼び込むと、さらに客の列が増えた。子連れには一本サービス、二本サービス、三本サービス、と景気よくチョコバナナを与える。

チョコバナナを欲しそうに眺めている子供には、無料で配ってしまった。

「食べていいよ」

氷川が慈愛に満ちた微笑でチョコバナナを差しだすと、子供は目をキラキラさせて受け取った。

「ありがとう」

「はい、君もお食べ」

「お兄ちゃん、ありがとう。……そのっ、妹の分もちょうだい」

「優しいお兄ちゃんだね。じゃあ、妹さんの分もあげるね」

チョコバナナの屋台で、氷川の清廉な美貌《びぼう》は光り輝いた。ショウと信司も生き生きとしている。

リズミカルな太鼓に合わせ、子供たちが輪になって踊りだした。ほろ酔い加減の男女も踊りだす。

みんな、それぞれ、楽しそうだ。

桐嶋がお好み焼きを焼いている屋台の前では、祭りにそぐわない男たちがいた。すなわち、眞鍋の昇《のぼ》り龍《りゅう》と虎《とら》だ。

「あいつらいったい何をやっているんだ」

清和は自分の恋女房と舎弟たちのチョコバナナ屋台に呆然としている。リキはいつもと同じようにポーカーフェイスで答えた。

「姐さんですから」

理由が『姐さん』の一言でも、納得せざるを得ない。

「どうして、誰も止めない？」

「姐さんですから」

「止めろ」

「姐さんですから」

リキの淡々とした返答の後、シニカルな甘い声が割って入った。

「バナナの屋台を開くとは夢にも思わなかった。俺の完敗です」

祐が感服したように肩を竦《すく》めると、リキは鋭い目を細めて労《いたわ》った。

チョコバ
RIDER7

「祐、ご苦労だった。眞鍋の祐が楊一族の内紛を鎮めたと聞いた」

「リチャードと契約を結んでも、リチャードがギルバートに負けたら最悪です。リチャードに楊一族のボスになってもらわなければならない」

手っ取り早くギルバートを始末しました、と祐は台湾と香港《ホンコン》でリチャードと共闘した経緯を報告する。リチャードが香港の本拠地に戻ったことも。

名実ともに楊一族の新しい頭目はリチャードだ。

さすがだな、とリキのみならず清和はスマートな参謀を称《たた》えた。こんな離れ業をやってのける参謀は滅多にいない。

「それより、あれはどうするんですか？　このままだと姐さんは眞鍋組をチョコバナナ屋にすると言いだすんじゃないですか？」

祐が薄く笑いながら指した先には、チョコバナナの屋台でチョコバナナを振り回す氷川がいた。

卓や宇治、吾郎の手際がよくなって、チョコバナナの作成時間が短縮する。信司はチョコバナナとハリセンを手に踊っている。ショウの呼び込みのセリフがヒートアップした。どこからどう見ても、チョコバナナのプロ集団だ。

リキは無言で視線を逸《そ》らす。

「祐、なんとかしろ」

清和の組長命令を祐は風か何かのように流した。

もちろん、氷川はチョコバナナに全神経を集中させていたから、不夜城の覇者と幹部のやりとりを知る由《よし》もない。

あとがき

講談社X文庫様では四十一度目ざます。体脂肪を減らすためにチョコバナナを我慢している樹生《きふ》かなめざます。

ええ、バナナざますの。

本作はバナナ一色ざます。

どうしてこんなバナナ話になったのか……ああ、バナナって美味《おい》しいですよね。生のバナナをそのまま食べるのが好きです。バナナを凍らせて食べるのも好きです。凍らせたバナナに豆乳ヨーグルトを混ぜてフードプロセッサーにかけて、アイスクリームにして食べるのも好きです。バナナチップスも揚げバナナも好きです。クレープといえば、トッピングはチョコレートとバナナざます。たとえ、ストロベリーやキャラメルに心が揺れようとも、最初のクレープはチョコレートとバナナざます。

とりあえず、ビール。

ならぬ、とりあえず、チョコバナナざます。

それにしても、どうして氷川《ひかわ》と清和《せいわ》の物語でバナナ？

そこに山があったから……じゃなくてそこにバナナがあったから……というわけではありませんが、突如《とつじょ》、バナナの妖精がそっと囁《ささや》いてくれました。絶対にボツを食らうと思っていたのに、バナナの妖精の援助なのか、バナナ話が通りました。

いつもよりイロモノ度が増しているような気がしないでも……いえ、バナナの妖精が導いてくれた愛の物語ざます。愛の物語だと自負しています。

担当様、バナナ物語は読者様の度量を試すキワモノ物語なのでしょうか……ではなく、ありがとうございました。深く感謝します。

奈良千春《ならちはる》様、バナナ物語は読者様の度量を試す極めつけのキワモノ物語……ではなく、いつも以上に癖のある話に素敵《すてき》な挿絵をありがとうございました。深く感謝します。

読んでくださった方、バナナの妖精とともにチョコバナナより愛をこめて……ではなく、ありがとうございました。

再会できますように。

台湾《タイワン》爆食いツアーに行きたい樹生かなめ

『龍《りゅう》の狂愛《きょうあい》、Dr.《ドクター》の策略《さくりゃく》』、いかがでしたか?
樹生《きふ》かなめ先生、イラストの奈良千春《ならちはる》先生への、みなさまのお便りをお待ちしております。

樹生かなめ先生のファンレターのあて先
〒112-8001 東京都文京区音羽2-12-21 講談社 文芸第三出版部「樹生かなめ先生」係

奈良千春先生のファンレターのあて先
〒112-8001 東京都文京区音羽2-12-21 講談社 文芸第三出版部「奈良千春先生」係

N.D.C.913　248p　15cm

樹生かなめ（きふ・かなめ）
血液型は菱型。星座はオリオン座。
自分でもどうしてこんなに迷うのかわからない、方向音痴ざます。自分でもどうしてこんなに壊すのかわからない、機械音痴ざます。自分でもどうしてこんなに音感がないのかわからない、音痴ざます。自慢にもなりませんが、ほかにもいろいろとございます。でも、しぶとく生きています。
樹生かなめオフィシャルサイト・ROSE13
http://homepage3.nifty.com/kaname_kifu/

講談社X文庫

white heart

龍《りゅう》の狂愛《きょうあい》、Dr.《ドクター》の策略《さくりゃく》

樹生《きふ》かなめ

●

2017年8月3日　第1刷発行

定価はカバーに表示してあります。

発行者——鈴木　哲
発行所——株式会社　講談社
東京都文京区音羽2-12-21 〒112-8001
電話　編集　03-5395-3507
販売　03-5395-5817
業務　03-5395-3615
本文印刷—豊国印刷株式会社
製本——株式会社国宝社
カバー印刷—半七写真印刷工業株式会社
本文データ制作—講談社デジタル製作
デザイン—山口　馨

ISBN978-4-06-286957-7

講談社X文庫ホワイトハート・大好評発売中！

龍の恋、Dr.の愛

樹生かなめ
絵／奈良千春

ひたすら純愛。だけど規格外の恋の行方は？　関東を仕切る極道・眞鍋組の若き組長・清和と、男でありながら清和の女房役で、医師でもある氷川。純粋一途な二人を狙う男が現れて……!?

龍の純情、Dr.の情熱

樹生かなめ
絵／奈良千春

清和くん、僕に隠し事はないよね？　極道の眞鍋組を率いる若き組長・清和と、医師であり男でありながら姐である氷川。ある日、氷川の勤める病院に高徳護国流の後継者が訪ねてきて!?

龍の恋情、Dr.の慕情

樹生かなめ
絵／奈良千春

欲しいだけ、あなたに与えたい——！　明和病院の美貌の内科医・氷川諒一の恋人は、19歳にして暴力団・眞鍋組組長の橘高清和だ。ある日、清和の母親が街に現れたとの噂が流れたのだが!?

龍の灼熱、Dr.の情愛

樹生かなめ
絵／奈良千春

若き組長・清和の過去が明らかに!?　明和病院の美貌の内科医・氷川諒一は、19歳にして暴力団眞鍋組組長の清和と恋人関係だ。二人は痴話喧嘩をしながらも幸せな毎日だったが、清和が攫われて!?

龍の烈火、Dr.の憂愁

樹生かなめ
絵／奈良千春

清和くん、嫉妬してるの？　明和病院の美貌の内科医・氷川諒一は、眞鍋組の若き組長・橘高清和の恋人だ。ヤクザが嫌いな氷川だが、清和の恋人であるがゆえに、抗争に巻き込まれてしまい!?

募集要項

■内容

ホワイトハートにふさわしい小説であれば、ジャンルは問いません。商業的に未発表作品であるものに限ります。

■資格

年齢・男女・プロ・アマは問いません。

■原稿枚数

ワープロ原稿の規定書式【1枚に40字×40行、縦書きで普通紙に印刷のこと】で85枚～100枚程度。

■応募方法

次の3点を順に重ね、右上を必ずひも、クリップ等で綴じて送ってください。

1. タイトル、住所、氏名、ペンネーム、年齢、職業（在校名、筆歴など）、電話番号、電子メールアドレスを明記した用紙。
2. 1000字程度のあらすじ。
3. 応募原稿（必ず通しナンバーを入れてください）。

ご注意

○ 応募作品は返却いたしません。
○ 選考に関するお問い合わせには応じられません。
○ 受賞作品の出版権、映像化権、その他いっさいの権利は、小社が優先権を持ちます。
○ 応募された方の個人情報は、本賞以外の目的に使用することはありません。

背景は2008年度新人賞受賞作のカバーイラストです。
真名月由美／著　宮川由地／絵『電脳幽戯』
琉架／著　田村美咲／絵『白銀の民』
ぽぺち／著　Laruha（ラルハ）／絵　『カンダタ』